中公文庫

# 台所太平記

谷崎潤一郎

中央公論新社

# 目次

台所太平記　5
解説　松田青子　225

挿絵は『谷崎マンガ　変態アンソロジー』（中公文庫）に収録された山口晃「台所太平記」から編集部が抜粋し、再構成いたしました。

# 台所太平記

# 第一回

近頃は世の中がむずかしくなって参りまして、家庭の使用人を呼びますにも、「女中」などと呼びつけにはいたしません。昔は「お花」「お玉」と云う風に呼んだものですが、今では「お花さん」「お玉さん」と、「さん」づけになりました。千倉《ちくら》の家は至って旧式でしたから、ついこの間まで呼びつけにしておりましたが、注意する人がありましたので、ようよう去年あたりから「さん」を附けるようになりました。ですからこの話の中に出て参ります女中たちも、「さん」をつけて呼ばなければ現代の女中さん方に叱られるかも知れませんが、しかしこの話は戦争以前、昭和十一二年頃から始まる物語なので、やはり「女中」と云う称呼を用いませんことには、どうにも情が移りません。従ってこの物語ではすべて呼びつけになっておりますが、その点は前以て御諒承を願っておきます。

女中を呼びますのに名を呼ばないで、「姐《ねえ》や」と呼んでいる家庭、これは今でもあるようでございますな。ですが千倉家の主人、磊吉《らいきち》のような昔者《むかしもの》はこの呼び方が大嫌いなのです。今はあんまり牛肉屋の店と云うものを見かけないようになりましたが、以前は東京の至る所に「いろは」だの「松屋」だのと云う、赤や紫の色ガラスを嵌め込んだ店があったものでございます。玄関で下足を預けますと、すぐ取ッつきに梯子段《はしごだん》がありまして、上るとそこに入れ込みの大広間があり、大勢の客がジクジク煮える鍋を囲んでいたものでした。そして、

「ええ、何番さん、御酒《ごしゅ》のお代り」

「何番さんお会計」

などと、仲居が肉の脂《あぶら》に染みた下足札を持って客の間を飛び歩いておりました。客はそれらの仲居たちを呼ぶのに必ず「姐や」とか「姐やさん」とか云いました。ですから磊吉は「姐や」と云うと、いつも牛鍋の匂いを聯想《れんそう》せずにはいられません。「姐や」よりは「お花」「お玉」と呼びつけにする方が、磊吉などにはずっと感じがいいように思えるのです。明治時代には「女中」どころか「下女」だの「下婢《かひ》」などと云ったことさえありました。それが今では「女中さん」と呼んでも厭《いや》がると云うので、「メイドさん」だとか「お手伝いさん」だとか、いろいろ呼び方に苦心するようになったのですから、随分時勢も変ったものでございますな。固有名詞で呼びます場合には、「お花」「お玉」の「お」の字を取ってしまって、代りに下へ「子」の字をつけ、そしてその下へ「さん」をつけて「花子さん」「玉子さん」と呼びます。磊吉は又それが嫌いで「『さん』をつけるなら『花さん』『玉さん』と呼ぶがいい、『花子さん』『玉子さん』ではカフェの女給を呼ぶみたいだ、己

ちの家はカフェじゃないんだからな」と云うんですが、地方から奉公に出て来た娘さんたちにはこの気持が通じませんから、「花さん」よりは「花子さん」と呼ばれたがります。

磊吉が二度目の妻と始めて世帯を持ちましたのは、彼の数え年が五十歳、妻が三十三歳の時、昭和十年の秋でした。あの辺は現在どう云う風になっておりますかな、今は神戸市の東灘区に編入されているようですが、当時は兵庫県武庫郡の住吉村反高林《たんたかばやし》と云っておりました。住吉村と、その東の魚崎町との間を住吉川が流れておりまして、反高橋と云う橋がかかっておりましたが、千倉家はその橋の袂《たもと》から五六軒川下へ行った堤防の上にございました。家族は主人の磊吉と、妻の讃子《さんこ》と、七つになる妻の連れ子で後に千倉家へ籍を入れました睦子《むつこ》と、妻の妹の鳰子《におこ》との四人暮らしで、ほかに女中が少い時で二三人、多い時で五六人ぐらいはいつもいました。

主人側は、磊吉以外は女ばかりなのですから、そんなに大勢女中を雇う必要はない訳なのですが、元来が贅沢に育ったお嬢さん上りの人たちなので、どうしてもそのくらい奉公人がいてくれませんと、不便なことが多うございました。それに磊吉も亦《また》、家の中が派手で賑かな方が好きなたちでしたから、女中の数の多いのは賛成なのでした。ですから、その時代から今日まで、千倉家に雇われたことのある女中の数は少くありません。反高林から、対岸の魚崎へ移り、戦争になってからは熱海に小さな別荘を持つようになり、終戦後には京都と熱海と云う風に家が二軒になったりしましたが、そうなると女中の数はいよいよ殖《ふ》えました。まして妻の讃子はお人好しで、人間が甘く出来ておりますので、頼って来られると何人でも抱え込むと云う調子でございました。

で、あれから今の伊豆山の家に移りますまで、千倉家の台所を手伝ってくれた娘さんたちは何人になるか数え切れません。短いのは二三日から一箇月足らずでいなくなったのもありますし、長いのは六七年から十年以上になったのもございます。遠い親類近い他人と申しますが、長い間家族同様にしていました娘さんたちに接しますと、磊吉にして見れば、全く我が子に対するのと気持の上で少しも変りはありません。田舎が遠いので、千倉家で結納を取り交して、つい近くへお嫁に行き、今も年中遊びに来る若奥さんも二三人はいます。

ですが、そんなに大勢奉公人を使った経験がありながら、雇った女中は殆ど関西の人ばかりです。二三年前に始めて茨城生れの娘さんに一人来て貰いましたが、その人はもう暇を取って国へ帰りました。今また一人、お膝元の静岡県下の富士山麓に生れた人が来ていますが、その他に関東方面の人を雇ったことは一度もありません。これは讃子が大阪生れでしたし、最初に家を持ちましたのが阪神沿線でしたから、自然そうなったのでもあります。戦争後阪神から京都へ移り、今では京都も引き払って熱海の住人になりましたが、それでも妻たちは関東女の荒っぽい肌ざわりを嫌いまして、女中を雇う段になりますと、西国の人を呼ぶことになっております。熱海は伊豆山の鳴沢《なるさわ》の家の台所に出入りする八百屋や魚屋はテキパキした関東弁で話しかけますが、女中たちは上方弁で受け答えをします。何しろ家族全体が大阪のアクセントでものを云うのですから、折角関西の田舎から関東へ出て来た娘さんたちも、流暢《りゅうちょう》で歯切れのいい東京弁を覚える機会がありません。早い話がおこうこの沢庵《たくあん》を一つ刻むにも、輪切りにしないで拍子木に切ると云う始末です。

尤《もっと》も磊吉は東京生れなのですが、現在の妻と連れ添ってから二十何年、朝から晩まで自分を除いた全部の者が関西弁でペチャクチャしゃべっている中におりますと、しまいには自分までが周囲にかぶれて怪しい言葉遣いになり、持前の東京弁が知らず知らず綿入《めんい》りになります。東京人と話している時に、「捨てる」と云うのを、うっかり「放《ほ》かす」と云ってしまって、冷やかされたことなどもあります。夫婦の間でも、ちょっとした風俗習慣の相違で詰まらない諍《いさか》いをしたものでしたが、向うは娘や妹など味方が大勢ついていますから、喧嘩になると磊吉の方は分が悪くって負けになります。

西国生れの女中たちも、熱海へ来れば出入りの商人たちの真似をして、単語だけは東京流の云い方をいろいろと覚えます。八百屋で云えば、「土生薑《つちしょうが》」が「ヒネ生薑」、「水菜」が「京菜」、「小芋」が「里芋」、「糸ごんにゃく」が「白滝」、「白滝」が「糸ごんにゃく」、「南京」が「唐茄子《とうなす》」、魚屋で云えば、「ぐじ」が「甘鯛」、「あぶらめ」が「あいなめ」、「うおぜ」が「えぼだい」、「縮緬《ちりめん》じゃこ」が「しらすぼし」と云った塩梅《あんばい》で、東京流に云わなければ買物が出来ませんから、日常必要な単語ぐらいは直《じ》きに覚えますが、アクセントはいつになっても直りません。「あかん」「あれへん」「しやはります」「どないです」等々の動詞助動詞の類は遠慮なく使い、一向改まりません。昔は江戸の真ん中で関西弁を使うのを恥しがったものですが、近頃は大阪の漫才調が東京にも進出して来まして、映画にも盛んに出て来る始末です。どうかすれば出入りの商人たちの方があべこべに感染して、

「いくら」

と云うのを
「なんぼ」

と云ったり、

「有難う」

と云うのを
「おおきに」

と云ったりします。

ところで、これから、千倉磊吉の家に、住吉の反高林以来今の伊豆山鳴沢に移るまでの間に雇った女中たちの中から、さまざまの点で特に忘れることの出来ない数人の娘さんたちを俎上《そじょう》に上せて記してみようと思います。但し、実際にあった人たちのことを、その通り記載するのが本意ではありますけれども、やはり小説を書くつもりで書くのですから、幾分の潤色を加えていないとは申せません。ここに書いてある事柄が、何から何まで本当

の事実そのままであると云う風に取られましては、磊吉もモデルの人々も甚《はなは》だ迷惑いたしますから、その辺はくれぐれも含んでおいて戴きます。

前に磊吉は「反高林に始めて公然と世帯を持った」と申しましたが、実はその以前から芦《あし》屋《や》の方で贋《にせ》の表札を掲げまして、讃子とこっそり同棲していたのでした。でもそんなことはこの話に関係のないことですから省くことに致しましょう。そして、芦屋時代にも女中がいたことはいたのですが、反高林で天下晴れて一戸を構えるようになりましてから、最初に奉公に来てくれましたのが鹿児島生れの「初」と云う娘さんでしたから、先ずその「初」から始めることに致しましょう。

磊吉は鹿児島県下へ足を踏み入れたことはございませんから、委《くわ》しい地理を知りませんけれども、毎年九州方面が台風に襲われますと、いつも必ずと云ってもいいくらい、枕崎と申す地名が新聞に出ます。地図で見ますと、その枕崎は九州の南の端の、殆ど突端に近いところに位置していまして、灯台が建っているようです。初はその枕崎から山一つ越えた川辺《かわなべ》郡西南方《にしみなみかた》村（今の坊津《ぼうのつ》町）の泊《とまり》と云う漁村の生れだそうで、半農半漁をなりわいとする家の娘だと云っておりました。

初が千倉家へ来ましたのは昭和十一年の夏でした。初が来るまでは、「はる」と「みつ」と云う二人が前々から勤めていたのですけれども、もう一人女中が欲しいと云うことになりまして、讃子の友人である歯医者さんの奥さんの世話で来てくれましたのが初でした。

初はその時二十歳《はたち》でした。初はその前に神戸で二三軒の家を渡り歩いた経験があると云っていました。尤も「初」と申しますのは彼女の本名ではありません。本名は咲花若江と云うのでした。それが、千倉家では、大阪の旧家である讃子の里方の習慣で、使用人の本名を呼びつけにしましてはその人の親御さんたちに失礼であると云う考から女中には仮の名を附けることになっていましたので、彼女が来ました時、「何と附けよう」と皆で相談いたしまして、「初がよかろう」と云うことになったのでした。

神戸ではどのくらい奉公していたのか知りませんが、初は全然人擦れがしていませんでした。千倉家へ来て旦那や奥さんたちに初対面の挨拶をします時、彼女は廊下にペッタリと土下座をするように坐って、頭を板の間に擦りつけてお辞儀をしました。

「ここへ来る前は神戸のどこにいたの」

と、讃子が尋ねますと、

「布引の方でございます」

と云いました。

「そこにどのくらい勤めていたの」

と云いますと、

「半月ほどでございます」

と云います。

「半月ぐらいで、どうして罷《や》めたの」

そう云っても初はニヤニヤ笑っているだけでした。

「御主人の方からお暇が出たの」

と云いますと、

「いいえ、そうではございません」

と云います。

「あんたの方からお暇を戴いたの」

「はい」

「どう云う訳で」

そう云っても矢張ニヤニヤ笑うばかりで、理由を云ってはくれませんでした。讃子たちは格別深い仔細がありそうにも思えませんので、ついそのままにしておりましたが、二三日すると、朋輩のはるが訳を聞きましたと云って讃子たちに知らせに来ました。それに依りますと、そこの旦那様に手籠めにされそうになったので、逃げて来たのだと云うことでした。

「へえ、あの娘《こ》がねえ」

と、讃子たちは思わず顔を見合せたものでした。それと云いますのが、初の顔は可なり不器量で、お世辞にも美人とは申せなかったからです。そしてこのことは、当人もよく承知しておりました。彼女が布引の家の前の家に奉公しておりました時、その家の坊ちゃんに、

「おたやんこけても鼻打たん」

と、年中からかわれていたと自分でも云っていました。あまり坊ちゃんにからかわれるので、その時分にはくやしいくやしいと思っていたそうですが、千倉家へ来てからの或る日、台所から茶の間へ飛んで来まして、

「御寮人《ごりょうん》さん」

と、いきなりそう云ったことがあります。

断っておきますが、大阪の旧家ではその時分まで奥さんのことを「御寮人さん」と呼ぶ習慣がありましたので、ここの家でも戦争が済む時分までその呼び方に従っていました。

「御寮人さん、やっぱり本当でございました」

「何が本当なの」

と、讃子が云いますと、

「やっぱりあの坊ちゃんが仰っしゃった通りでございました」

と云って、しきりに頬ッぺたをさすっています。聞いてみますと、勝手口の土間で転んだ拍子に地べたで顔を擦り剝《む》きましたが、頬ッぺたの皮が剝けただけで、鼻は少しも打たな

かったそうで、それをわざわざ御寮人のところへ報告に来たのでした。そう云えば、これは戦後のことになりますが、あの、映画の「風と共に去りぬ」の中にハッティ・マクダニエルと云う黒ん坊の女中が出て参りますな。千倉家の娘の睦子は、あのマクダニエルの顔を見ると、初の顔が二重写しになって浮かんで来ると、よくそう云っておりました。

## 第二回

初の顔は丸顔で、頬骨が出、口が大きく、顋《あご》が張っていまして、なるほど、あの黒ん坊のマクダニエルに似ていますが、しかしそう云っても、つぶらな眼にはなかなか愛嬌がありました。それに、歯が非常に白く、歯並みが綺麗で、ものを云う時、その歯がいつもしめりを帯びてピカピカ光っているように見えました。

初の長所は、その顔よりも全身の姿態にありました。睦子がマクダニエルにたとえましたのは顔の輪郭のことで、皮膚の色は真っ白でした。肉づきは豊満で、たっぷりと肥えていましたけれども、さりとて不恰好ではなく、今から三十年近くも前の二十歳《はたち》台の女性としましては、身長も平均より高く、すっきりしていました。そして手の指が長く、足も、だいだいとした大足ではありましたけれども、恰好は悪くありませんでした。磊吉は彼女の裸体《はだか》を見たことはありませんが、睦子の説では、「マリリン・モンロー以上のバストを持っている」と云うことでした。

女中が一般に洋装するようになりましたのは戦後のことで、この物語の始め頃は大概和服を着ていましたが、磊吉は或る時、彼女が一日休暇を貰って、珍しくパリッとした洋服を着込んで、と云いますのは、その時分としましたらハイカラななりをして、どこかへ出かけて行きますのを、ふと二階から見下して、その均斉の取れた肢体にびっくりしたことがありました。肩だの、腕だの、胸だのに十分な厚みがあり、脚など、肉づきがよくて、而《しか》も少しも曲っていず、靴を穿いた足もとなども素晴らしい感じでした。それに、彼女は感心なことに、常に身綺麗でたしなみがよく、至って清潔にしていました。磊吉は足の裏の汚れている女が嫌いでしたが、初はいつでも雑

巾で拭いたばかりのような、サラリとした、真っ白な足の裏を見せていました。襟もとを上から覗き込んでも、肌着が垢づいていたことはなく、洗濯したてのさっぱりしたものを着ていました。それにつけても、磊吉はよくそう思いました、たとい容貌は醜くてもこれだけ立派な身長と体格を持っている娘が、もし大都会の相当な家に生れ、衣裳持ち物やお化粧に念を入れて育ったら、恐らく今の十倍も二十倍も引き立って見えたことであろうに。あの顔だって、せめて女学校でも卒業していたら、あの眼にも知的な輝きが満ち、あの造《ぞう》作《さく》のどこかしらにも、一種の魅力を具《そな》えるようになったであろうのに。と、そう思いますと、九州の果ての貧しい漁村に生れた初がまことに可哀そうでした。

そうこうするうち、初が来てから一年ばかり過ぎた時分でしたろうか、初の従妹の「えつ」と云う娘が、柳行李を一つ持って千倉家へ転がり込んで来ました。この娘は鹿児島から出て来たばかりなのではなく、反高林からそう遠くない住吉の某家に前から奉公していたのですが、そこのお嬢さんにいじめられて逃げて来たのだと云うことで、結局この娘もずるずるべったりに居着いてしまいました。えつは初よりも身の丈が低く、ずんぐりむっくりしていまして、これと云う特徴はありませんでしたが、正直で誠実なことは初と同じでした。初はその堂々たる体軀が示すように、どこか大まかで、親分肌のところがありましたので、同郷の娘たちから姐御《あねご》のように慕われているとみえまして、えつばかりでなく、泊生れの女たちがそれからそれと芋蔓式に頼って来ました。はるばる九州の果てから出て来て、行くところがないままにひと先ず初の女中部屋へ荷物を下す者もありましたし、阪神間に奉公していましたのが、奉公先が気に入らないで身の振り方を相談に来るのもありました。初はそう云う連中をいくらでも引き受けて女中部屋へ泊めてやりますので、千倉家でも放っておく訳にも行かず、それぞれ考えて然るべき方面へ捌《さば》いてやらなければなりません。時には三人も四人も一度に泊り込んだりして寝道具が足りなくなったりしましたが、気前のいい初はお構いなしにお客布団を全部引っ張り出しますので、これには讃子が毎度閉口しておりました。

女中部屋と云いましても、せいぜい畳数四畳半くらいで、そこに多い時は七八人もの娘たちが鮪《まぐろ》のように折り重なって寝るのですから、その騒ぎと云ったらありません。先輩のはるやみつはどこかへ放り出されてしまって、壁に押しつけられたり板の間へはみ出したりしていまして、初を中心に西南方村の連中が訳の分らぬ鹿児島弁でぺちゃくちゃやっていますところは、とんと枕崎の魚市場へでも行ったような賑かさです。磊吉はこの、女中部屋に於ける娘さんたちの会合を「鹿児島県人会」と称しておりましたが、いつも仲間の音頭を取って牛耳っていますのは申すまでもなく初でした。みんな初には一目置いているらしく、彼女が「ああしろ」「こうしろ」と云いますと、誰もその命令に従っている風でした。

誰も彼も初を頼って来ていますので、それでなくても初には頭が上らない訳なのですが、いったい鹿児島と云う土地柄は、封建の気風が抜け切れないと見えまして、一つでも年上の者の云いつけには服従する習慣があるようでした。土地の老人に云わせますと、それが鹿児島の美風であると申します。で、見渡したところ、初が一番の年嵩《としかさ》で、ほかの娘たちは十六七から八九ぐらいの者たちばかりでしたから、尚更初が威張っていたのでした。

その時分、阪神沿線の深江と魚崎の間の青木《あおぎ》と云うところにゴルフ練習場がありましたが、そこでゴルフの教師をしている新田と申す青年が、ときどき千倉家へ遊びに参り、讃子や鳰子たちを相手に話し込んだり、睦子を近所の海水浴場へ連れて行ってくれたりしていました。その新田が或る日、夏の晩の十時過ぎ頃、家族一同が涼みに出かけて留守なのを知らずに、ふと勝手口から這入《はい》って参りますと、女中部屋が一杯に開けっぴろげてありまして、電灯が煌々《こうこう》と点《つ》けっぱなしになっている下で、県人会の連中がしゃべりくたびれて一人残らずグウグウと鼾《いびき》を掻いていました。中でも初が、かの偉大なるモンロー以上のバストをはだけて、大福餅が積み重なったようになった女体の群の上に蔽《おお》いかぶさって寝ていますのを、否応なしに見てしまいました。新田は途端にハッとして逃げ出そうとしましたが、待て待て、こんな素晴らしいヌード・ショウはめったに見られるものではないと気がつきますと、急に料簡が変って又戻って来、折よく持ち合せておりましたカメラを出して、折り重なった太腿《ふともも》の間へ割って這入り、初の体を右から左から、根気よく、頗《すこぶ》る丹念に、パチリパチリと何枚も撮ってしまいました。

明くる日、新田はそれを現像して来まして、

「御寮人さん、ちょっといいものをお目にかけます」

と、讃子にだけ内証で見せたものでした。讃子は、

「いつこんなものを撮ったんです。こんないたずらをしては困ります」

と、慌ててそれを取り上げてしまいましたので、磊吉も見せて貰えませんでしたが、讃子の話だと、写真に写った初の肉体は一層魅惑的だったそうです。

初は家族を相手に話します時は、ひと通りの関西弁をあやつることが出来ましたけれども、一旦県人会の仲間に這入りますと、俄然不思議な方言になってしまい、傍で聞いている家族たちには何を云っているのやらさっぱり分りませんでした。尤も睦子は終始女中部屋へ遊びに行きますので、いつの間にか県人会の連中と懇意になりまして、だんだん彼女たちの方言を覚え込み、しまいには彼女たちのしゃべることが何から何まで聞き取れるようになりました。そして、どんなことでも鹿児島弁で云えるようになったと云って、自慢しました。次に列記するヴォキャブラリーは、睦子が母たちのために書いてくれました方言集の一部ですが、ちょっとした例がこんな工合です。

げんきやいこ（元気ですか）

いけんすいもんか（どうしたらいいだろうか）

くれめっこ（下さい）

がっつい（大変）
でこん（大根）
にじん（人参）
ほんのこち（ほんとに）
まこてー（まことに）
ほんのこちまこてーいけんすいもんか（大変困った時に使う）
ない云わっとこ（何を云っているのですか）
ないせらっとこ（何をしているのですか、人を責める言葉）
おい（自分）
あっこ（お前）
ぬっど（寝る）
きめっちょー（来なさいよ）
どけえいかっこ（どこへ行くのですか）
よかはなっじゃらい（いい話だなあ）

南蛮鴃舌《なんばんげきぜつ》と云う語がありますが、正にその通りで、これでは全く英語やフランス語以上です。文字で記すと、まだいくらかは察しがつきますが、これを一種のアクセン

トをつけて、早口で続けて云うのですから、分りっこありません。

或る時磊吉が妻と口論をしていますと、初が讃子の味方をしまして、

「いっけつんもなかじじっこ」

と、わざと鹿児島弁で云ったことがありますが、これを翻訳しますと、

「いけすかない爺さん」

と云うことになるのだと、睦子が教えました。「くれめっこ」と云う言葉はみんながすっかり覚え込んで、

「お茶を持って来てくれめっこ」

「御飯をよそってくれめっこ」

などと、盛んに使うようになりました。

家族と普通の関西弁で話す時でも、初はときどきへんな発音や訛《なま》りを交ぜました。「からだ」と云うのを「かだら」と云いました。

「かだらではない、からだだ」

と云っても、どうしてもそれが云えないで、「かだら」になりました。

「だ」と云う音を、「ら」と云う癖がありまして、

「よだれがだらだら」

を、

「よられがららら」

と云いました。東京弁の真似をして、

「しちゃった」

と云おうとしますと、

「したっちゃ」

と、あべこべになりました。それから、何かでびっくりしました時に、途方もない声で、

「たあー」

と云う叫びを挙げました。初ばかりでなく、県人会の娘たちが皆そうでした。

「えつ」と云う女中のことを前に云いましたが、この「えつ」と云う音も、普通に発音する「えつ」とは何となく云い方が違っていました。「えつ」の「え」は ye と云うように発音し、yetsu の場合は ye の上に強いアクセントがありますので、「イエーッ」と云うようになりました。

その外の娘たちの名前にも、耳慣れない名が沢山ありました。たとえば「ふこ」と云うのがありました。これは「ふく」が訛ったのだろうと思いますが、戸籍面でも恐らく「ふこ」になっているのかも知れません。こんなのはまだいい方で、「えす」「つみ」「よっこ」「えず」「りと」「きえ」などと云うのがありまして、どんな漢字を当てていいのか見当もつきません。

押し出しの立派な初は、同郷人の前へ出ては姐御気取りでいましたけれども、実は非常な恐がり屋で、臆病者でした。たまに裏口から押し売りや物乞いが這入って来ますと、誰より先に真っ青になってガタガタ顫《ふる》えました。顫えると本当に歯をガチガチ鳴らしました。いつでしたか、

「アパの乞食が来ました」

と云って台所へ駆け込んで来、

「アパ、アパ」

と云いながら脳貧血を起しましたので、大騒ぎになったことがあります。「アパ」は鹿児島弁で唖のことなのだそうですが、唖の乞食がどうしてそんなに恐いのか分りませんでした。

初はそんな体格をしていながら甚しく神経質で、肺結核を恐れることは非常なものでした。初の田舎では、結核になるともう誰も附き合ってくれないのだそうです。一家のうちに結核患者が出ますと、山の奥に小屋を建てて、そこへ送り込んでしまい、食事を運んでやる以外には親兄弟でも近寄らない。ですから肺病になると云うことは何よりも恐しいのだそうで、初の兄も二人いましたのが、一人は既に肺病で死に、もう一人もカリエスに罹《かか》って寝ついているのだそうです。ですから、初が無闇に神経を病みますのも当然なのです。彼女は少し気分のすぐれないことがありますと、もう直ぐ結核になったと思い込んでしまい、

一人で塞ぎ込んでいます。そんな時には家族たちが何を云いましても返事をしません、むうっと河豚《ふぐ》提灯《ぢょうちん》のように面を膨らしていますので、

「何やその顔、一ぺん鏡に映して御覧」

と、よく讃子に云われていました。あまりたびたび膨れますので讃子がとうとう腹を立てて、

「あんたみたいなもん、もう用あれへん、田舎へ帰んなさい」

と云ったことがあります。すると初は、

「では帰ります」

と、素直に帰って行きましたが、暫《しばら》くすると又戻って来ました。そう云うことがたしか二三度ありました。

# 第三回

まだ関門トンネルが開通いたしません頃は、初が郷里と阪神の住吉村との間を往復いたしますのには、今よりずっと時間がかかりました。先ず生れ故郷の泊から私鉄の南薩《なんさつ》線の終点になっている枕崎へ出るまでが一里半。その間はバスが通っていますけれども、初は大概徒歩で行きます。枕崎から国鉄の伊集院《いじゅういん》へ出るまでの南薩線は、後にはディーゼルカーになりましたが、最初は蒸気機関車だったそうで、その間が二時間。伊集院には鹿児島仕立ての急行が停車しますので、そこから神戸まで直行出来る訳ですが、伊集院から門司までが九時間三十分、連絡船の待ち合せ時間が十分、連絡船の間が十五分、下関で汽車を待つ間が三十五分、下関から神戸までが十時間十三分、枕崎から計二十二時間四十三分。おまけに伊集院から乗り込みますと、多くの場合空席がありませんので、広島ぐらいまでは立ち詰めだそうです。そして、三宮《さんのみや》駅から省線電車に乗り換えて住吉に到着する訳ですが、前後二十五六時間を要します。汽車賃は当時十円前後でしたが、初にしてみますれば、つい眼と鼻の鹿児島市へ出かけることもめったになく、名高い指宿《いぶすき》の温泉にさえ、まだ生れてから行ったことがないと云う山出し娘が、この道中は大変な大旅行なのでした。

彼女は乗り物に弱いたちで、汽車の中ではロクに物を食べませんので、住吉へ着きますと、さしも頑丈な大女もへとへとに疲れ切って、一昼夜くらい死んだように寝通しました。

「用はないから国へお帰り」と云われて面を膨らして出て行った初が、半年振りぐらいで戻って来ました時、

「今まで田舎で何をしていたの」

と聞いてみますと、

「お母さんと二人で百姓をしたり、漁をしたりしていました」

と云います。

「お父さんは」

と云いますと、

「もう亡くなりましたのでございます」

と云います。

彼女には兄が二人ありましたのが、一人は死に、一人はカリエスで寝ていることは前に書きました。その外に兄弟は、と云いますと、

「姉さんが一人ございます」

と云います。

「その姉さん、何してはるの」

「紀州の和歌山にいるのでございます」

「和歌山で何してはるの、お嫁に行かはったの」

と云いますと、

「いいえ、奉公しているのでございます」

と云います。

「姉さんいくつにならはるの」

「二十六でございます」

「どうして和歌山なんかへ行かはったの」

そう云っても暫く答えないで、

「和歌山へ行ったのは去年でございます」

と云います。

初は最初は隠していましたが、だんだん問い詰めて行きますと、はっきりとは申しませんけれども、どうやら和歌山へ売られて行ったらしいのでした。姉は今から五六年前郷里から神戸へ出て参り、最初は堅気な家庭に勤めていたのでしたが、田舎の家が貧乏で、父の代からの借銭が嵩《かさ》んで来ましたので、月々国元へ仕送りを迫られるようになりましたところから、三千円の前借をしまして或る家に住み込むようになり、流れ流れて和歌山へ来ているのと云う訳なのです。

「外に兄弟は」

「弟が一人ございます」

「その弟さんはいくつ」

弟は十七になるそうですが、十六の年から鰹《かつお》船に乗り込んで働いていると云います。初は田舎へ帰りましても決して楽ではなかったのでした。朝から晩まで老母を助けて、畑や海辺でせっせと重労働に服さなければなりませんでした。反高林では三度々々白い御飯が食べられましたのに、田舎では芋を常食にしていました。体は痩せ、眼は落ち窪み、頬骨が一層飛び出し、真っ白だった皮膚が僅かの間に日に焼けて濃いセピア色になり、不器量な顔が又一段と醜くなって、久し振りに戻って来ました時は、ふた目と見られたものではありませんでした。

「まあ、初は何と云う顔になったんやろう」

と、千倉家ではその当座、僅かの間に別人のように変り果てた初を眺めて憫《あわ》れみもし、呆れ返りもしたものでした。が、不思議なことに、ひと月経ちふた月経ちますうちに又少しずつセピア色が褪《さ》め、顔や体が太って来、いつの間にか嘗《かつ》てのような色白で豊満な彼女になりました。

讃子たちは、境遇や気候風土がこんなにも一人の女を変貌させることを知りまして、今更のように驚かずにはいられませんでした。

「あんた折角お母さんとこへ帰っても、そんなに朝から晩まで真っ黒になるまで働いてたら、面白いこともなかったやろうな」

「そうでございます」

「男も女もみんなそんなに忙しいの」

「そうでございます」

「でも何かしら楽しみはないの」

「人に依っては、ないこともないのでございます」

初が申しますのには、あの辺の田舎では夜這《よば》いをしない男は一人もいない。夜這いのことを「夜話」と云い、夜話に来る男のことを「よばなッ男《おのこ》」と云うそうですが、それに応じない女も一人もいない。又結婚のことを「ごぜむけ」(御前迎え)と申すそうですが、昔からのしきたりで男は正式のごぜむけをする前に試験的に同棲して見、気に入れば妻にしますし、気に入らなければ帰してしまう。この試験結婚のことを「足入れ」と呼びますことは、日本国中何処も同じで、初の田舎に限ったことではありません。足入れをして相手の男に嫌われれば、女は平気で親元へ帰って行きますが、それは当り前のこととして親たちも咎《とが》めようとしません。男も女もそんな風にして、気に入るまで何度でも取り替えるのだと云います。

「初も夜這いをされたことがあるの」

「いいえ、私はございません。村で夜這いをされなかったのは私ぐらいのものでございます」

「それは感心ね、本当に初は一度もないの」

「はい、それでもよばなッ男を追い帰したことが一度ございます」

初はそう云うのでしたが、それは彼女が村で名うての醜婦であったと云う証拠にはなっても、あまり自慢にはなりそうもありません。

反高林の千倉家は、住吉川の堤防の上に建っていまして、川に面する東側に表門があり、堤防から古新田《ふるしんでん》の方へ下りる西側に裏門がありました。出入りの商人たちは裏門から這入って勝手口へ顔を出すのでしたが、勝手口の外にモーターで汲み上げるようにした井戸がありましたので、男衆たちは暇さえあると、その井戸端で女中たちに油を売っていました。と、初はいつの間にか関西配電の修理係をしている寺田と云う男と仲よしになりまして、ヒューズが飛んだとか電気アイロンが故障したとか云う度毎に電話をかけていましたが、そうすると直ぐその男が飛んで来まして、何かこそこそ井戸端で話し込んでいることがありました。讃子は割に寛大で、物分りがよ過ぎる方で、他人の娘さんたちを預かっていることだから、間違いがあってはならないけれども、交際ぐらいは大目に見ると云う主義でしたから、やがて関西配電の若者たちが、寺田に連れられて二人も三人も来るようになりました。そして、しまいには、えつも、はるも、みつも、皆それぞれに関西配電にボーイフレンドが出来ました。夜おそく、奥が寝静まってから、こっそりお互に呼び出しをかけたり、電話口で内証話に耽《ふけ》ったりしていることもあるらしく、呼びリンを紙に包んでいるところを睦子に見つかったこともありました。

しかし、讃子のために弁護する訳ではありませんが、初もその他の女中たちも、主人の眼を盗んで間違いを仕出かしたようなことは一度もありませんでした。讃子は彼女たちにこう云い聞かせていたものでした、――あなた方も年頃であるから、好きな人が出来たら隠さず私にそう云うがいい、私は理由なく止めだてはしない、但し悪い男に欺《だま》されると云うこともあるから、或る期間交際をしてみ、この人ならばと云う見極めがついた場合には、私が直接その人に会ってみよう、そしてその上で私から、あなた方の国元へ話して上げ、次第に依ったら結婚の媒介もして上げよう、そうなるまでは、交際をするのは自由だけれども、それ以上の関係を結んではならない、――と。女中たちも讃子を信頼し、讃子も彼女たちを信じていたらしく、磊吉の見たところでは、互にその信頼を裏切ることはなかったようでした。尤も今までに使っていた数多い人たちの中には、そうでない人も一人や二人なかったとは申せませんが、大体に於いてここに出て来る女中たちは、讃子に甘える気持はありましたけれども、図に乗って讃子を欺《あざむ》くことは先ず先ずありませんでした。初が住吉へ来ましたのが昭和十一年であったとしますと、その明くる年あたりから日支事変が始まっていた訳です。もしああ云う事変がなかったら、初と寺田と云う男との間柄もどう云う風に発展したか知れませんし、その他の女中たちもそれぞれのボーイフレンドの間に良縁を見出したかも分りませんが、だんだんそれどころの世の中ではなくなって来ましたので、とうとうこの人たちの交際は一つも実を結ばずにしまい、ボーイフレンドたちは一二年の間に一人減り二人減りして戦争に駆り出されて行きました。そんな次第で、どこの家庭でも追い追い女中たちが暇を貰って帰って行くのに困っていましたが、千倉の家では初のお蔭で、その頃になってもまだいくらでも鹿児島から呼び寄せることが出来ましたので、思いの外不自由しないばかりか、余った娘さんたちを知人の家へ世話する余裕さえある程でした。

そうそう、そう云えば、奈良から東京へ移って来た作家の木賀氏が、高田馬場附近に家を持たれた当時のことで、木賀家でも女中に困っていると云う話を聞き、「里」と云う娘を世話したことがありました。この娘は千倉家にはほんの僅かいただけでしたが、顔立の整った、眼のぱっちりした娘でした。多分千倉家へ来た娘の中では美人の方だったと思います。性質も利口で、役に立つ娘でしたから、木賀家でも重宝がられていたようですが、いよいよ大東亜戦争が始まる時まで勤めていまして、国へ帰ったと聞きました。初の前から

千倉家に勤めていましたはるも、開戦の年の秋頃に暇を貰って尼ヶ崎の親元に帰り、程なく嫁に参りましたが、その良人も応召して行きました。

千倉の一家も、阪神間が爆撃される場合のことを考えまして、十七年の四月から熱海の西山に万一の際の避難所として小さな別荘を手に入れまして、ときどき住吉との間を往復することにしましたが、磊吉が始めてそこへ泊りに行きましたのは、その四月の上旬のことでした。最初は家族を連れて行かず、初と二人だけで、取り敢えず住み心地を試しに行ったのですが、あのアメリカの第一回目の爆撃、ドゥリットルの飛行機が東京上空を襲って大した成功も収めずに逃げて行きましたのは、ちょうどその間のことでした。熱海には飛来しませんでしたが、「今東京がやられた」と云うので大騒ぎをしたことがあります。

磊吉が初を連れて行きましたのは、三四人いました女中の中で、初が一番好きだったからです。好きな理由の第一は、前にも申しましたように綺麗好きで、清潔だったからです。顔は不器量でしたけれども、体格が大きく、肌が白く、手足の指が長くてしなやかだったので、磊吉には醜いと云う感じが少しも湧きませんでした。第二には、金銭上のことにかけて、潔癖過ぎるほど神経質で、一切の会計を安心して任せきることが出来たからです。勿論外の女中たちも、ふしだらだったのではありませんが、取り分け初は、一銭一厘の取り扱いにも気を配り、拙い文字で明細に帳面をつけると云う風でした。第三に、これが何よりも重要な点ですが、彼女が一番料理を作るのが上手でした。いったいに鹿児島生れの娘さんたちは、初に限らず、煮炊きをさせると、匙加減がまことに上手なのですが、これはあの地方の特色と云えるかも知れません。ぽっと出の、何も知らない田舎娘でも、奇妙に鹿児島生れの者はほかの山出しの娘にくらべると舌の感覚が発達していまして、味つけをさせますと、そう見当違いに不味《まず》いものを拵《こしら》える者はいませんでした。中でも初は、煮物、焼物、吸物椀の出し汁の取り方など、誰よりもすぐれていまして、ちょっとした胡麻よごしや白和《しらあ》えなどを作らせましても、一種の風味を出しました。彼女の

最も得意なものは天ぷらでした。鍋に油を思い切り一ぱい入れて、焜炉《こんろ》に炭火を、これも思い切りカッカッと熾《おこ》して揚げますので、

「危い、危い、油に火が這入ったら大変やないの」

と讃子は毎度注意しましたが、初は泰然自若として一向云うことを聞きません。いくらでも大胆に火と油を継ぎ足しますので、油の煙や火の色が一面に障子に映って、台所が火事のように見えることがありましたが、彼女は腕前に自信があるのか、それとも無鉄砲なのか、落ち着き払って天ぷらを揚げているのでした。

その時分、阪神間の食糧事情は日増しに困難になっていましたが、熱海と軽井沢は特別な別荘地として比較的物が豊富でしたから、食いしんぼうの磊吉は毎日のように初を促《うなが》して、別荘に鍵をかけて西山の坂道を街へ下りて行き、何か彼にか食い物を漁《あさ》りました。八百屋の店に生若布《なまわかめ》が一ぱい積んであるのを見つけまして、

「初や、あれを買って行こう」

と、初に買わせて帰って二杯酢にしました時の、その新鮮な生若布の旨かったことは、磊吉は今も忘れられません。

「熱海には何でもございますね」

と初も感心しながら、至るところの店先に立ち止って買物籠をひろげ、やたらに物を買い込みました。初の田舎は鰤《ぶり》と鰹の漁場なのだそうですが、熱海でも、もう寒鰤の季節でも

ないのに鰤が盛んに取れました。いくら取れても東京の魚市場へ発送する便宜のない時なので、生きのいい鰤が街に溢れて血がたらたらと往来に筋を引いて流れていることもありました。

## 第四回

初は魚のことにかけては特別に眼が肥えていました。磊吉があれを買えと云いましても直ぐには買いません、必ず鰓《えら》を開けてみまして、

「これは古うございます」

とか、

「これは召し上れます」

とか云います。漁村に育ちました彼女は、自分は余り新鮮過ぎる魚よりも、却《かえっ》て少し生臭くなったくらいの方が磯臭くっていいと云っておりました。

熱海の街が今日のように発展しましたのは戦後のことで、その時分には、海岸の埋め立て地などにはまだ家らしい家は一軒もなく、あの広っぱは子供たちのキャッチボールのグラウンドか町の青年たちの軍事教練所になっていました。熱海銀座も二十五年の大火前まで

はまだどこやらに明治時代の温泉場の面影を残していました。今は道路の真ん中にあるお宮の松も、当時は淋しい波打際に立っていまして、「宮に似た後姿や春の月」の小栗風葉《おぐりふうよう》の句碑が潮風に打たれていました。「初や、あんたの田舎はどんな所？　この辺と大分違っているかね」

「いいえ、私たちの生れた所にほんとうによく似ております」

大阪から東の土地を始めて踏む初なのですが、うしろに山を控えて、ほんの僅かな平地があって、前が入江になっている熱海の地勢は泊にそっくりで、ここで汽車を下りた時、故郷のことを途端に思い出しましたと、彼女は云いました。

坊の津千軒甍《いらか》の街も出船千艘の帆にかくる

坊の津、即ち泊にはこう云う民謡が残っているくらいで、長崎港が開けるまでは繁昌した港だったそうで、往古は遣唐使の発着港であり、唐の港と云われた時代もあったのだそうです。それが次第に衰微しまして、今ではささやかな漁港になってしまいましたけれども、景色の素晴らしいことは熱海などの段ではない、と、初は申します。熱海では錦ヶ浦などを名所に数えているけれども、あんな所はいくらもある、坊の津八景、耳取峠《みみとり》、双剣石《そうけんせき》などの風光は絵のようである、この近所にも蜜柑《みかん》や橙《だいだい》の木が多いが、泊でもうしろの山の段々畑にはポンカンや蜜柑が実《みの》っている、気候が温暖で、空気の肌ざわりの柔かいこと、海の色、雲の動き、波のひびきなどの工合は、この海岸の感じにそっくりである、と、初は云うのでした。

住吉にいました讃子の妹の鳰子、磊吉の義妹は、磊吉が熱海に別荘を持ちました前年、十六年の四月に東京の飛鳥井家へ縁づきまして東横線の祐天寺駅の近くに一戸を持っておりました。そして折々熱海へ出て参り、ここで讃子と落ち合うことにしておりましたが、十七年から十八年頃、戦争が苛烈になるまでは、讃子はあまり関東方面へ来たがらず、住吉で暮らす日の方が多うございました。

鶯《うぐいす》よとく〳〵来ませ西山の
　小庭《さにわ》の梅ぞ今さかりなる

手紙の端に磊吉がこんな腰折をしたためまして、妻のところへ送りましたのは十九年の正月のことでしたが、それでも讃子は腰が重く、たまに出て参りましても東京へ遊びに行ってしまうか、直きに住吉へ帰ってしまいました。自然磊吉も住吉との間を頻繁に往復していましたが、初と二人で西山で暮らした日も多かったのでした。磊吉の書く小説は、軍から睨まれていましたので、書いても何処へも載せて貰える当てがなく、時間の消しようがないままに、ラジオを聞くか蓄音機をかけるか、そうでなければ食糧漁りに出かけるより外ありませんでしたが、それでもさして退屈もせずに過せましたのは、初が毎日おいしいお数を食べさせてくれたお蔭であったかも知れません。天気のいい日には、磊吉は庭の芝生へ籐椅子を持ち出して初に頭を刈って貰うことがありました。セッカチの磊吉は床屋で待たされるのが嫌いで、頭は自宅で刈ることにしているのですが、初が来ましてからは、散髪は彼女の役目に決っていました。バリカンでなく、鋏でチョキチョキやらせるのですが、最初は虎刈りでしたのが、次第に熟練して上手に刈るようになりました。二人で一日じゅうかかって庭の草むしりをしたり、芝刈機で芝を刈ったりして、時を過すこともありました。

初は磊吉をどう思っていたか知りません。しかし或る晩、磊吉が夜中に何かの用事が出来て初を起しに行きますと、女中部屋の襖《ふすま》の差込みが、中から厳重に差込んでありました。（襖の差込みは初が勝手に設けたのではありません、前からその部屋に拵えてあったのです）起すと直ぐに差込みを抜い

て、寝間着姿で起きて来てくれましたが、矢張いくらか磊吉を警戒していたのでしょうか。夜中に起しに行ったのはその時だけなので、それからもずっと戸締りを怠らずにいたかどうか分りませんが。

昭和十一年に奉公に来ました初が、田舎の母が病気だと云う知らせを受けて呼び帰されて行きましたのは、十九年の秋頃ではなかったでしょうか。来た時が二十歳《はたち》でしたから、足かけ九年勤めて、二十八歳ぐらいになっていた筈です。帰る二三日前に、磊吉は当分の間のお別れに散髪をして貰いました、その日は何だか戦争らしくない、のんびりとした麗《うらら》かな天気で、庭の午後の日光を一ぱいに浴びた初の顔が、際立ってくっきりと見えたこと、鋏の音がいかにも爽やかにパチリパチリと聞えたことが印象に残っております。

「戦争が済んだら又帰って来ておくれ」

「はい、きっと帰って参ります」

そう云って初は、格別感傷的にもならずに、元気よく、ほがらかに、来宮《きのみや》の駅から立って行きました。磊吉は駅まで送って行って、記念にこんな短冊を書いて渡しました。

さつま潟とまりの浜に漁《いさ》る日も
　伊豆のいでゆを忘れざらなん

その年の四月頃から讃子や睦子も熱海に移り、睦子は甲南女学校から伊東の女学校へ転校していました。住吉の家は十八年に引き払って、対岸の魚崎に移っていましたが、ここは讃子の二番目の妹の井上照子と従妹の島田一家とが跡を預っていてくれました。一時はあんなに賑かだった鹿児島県人会の娘さんたちは、もう一人も残ってはいませんでした。初が一番先に来て、最後まで働いてくれた訳で、えつも初よりひと足先に、小倉の方に縁談があって嫁いで行きました。彼女も随分骨身を惜しまず、まめに働いてくれた娘で、ひと夏西山の別荘に一人で留守番していた時など、毎日用がなくて困ると云って、庭の雑草を散りっ葉一つとどめずに抜き取ってあったのには、驚いたことがありました。一度戦争が済んでから、子供を連れて京都の家を訪ねてくれたことがありますが、その後どんな風に暮らしているか、久しく便りがありません。

初は二年ばかり国で暮らして、終戦後、二十一年の春に、千倉家の疎開先岡山県の勝山の宿へ戻って参り、それから千倉家が京都へ出、南禅寺から下鴨の邸に移るまで、ずっと附いて来ましたので、この先の話が又長いことになるのですが、戦争中はひと先ずこれで終りになります。熱海も十八年中は闇物資でどうやら凌《しの》ぐことが出来、比目魚《ひらめ》が一尾百円などと云われながらも贅沢をすることが出来ましたが、十九年になりますとそう云う無理が利かなくなり、初も折角の腕前を振う訳に行かなくなりました。彼女が西山を去る時分には、あの「重箱」の近くの貯水池の前に藁人形を立てて、女たちまで竹槍の稽古をさせられる始末で、初も二三度は狩り出されて行ったことがありました。まして泊へ帰りましてからは、熱海などの段ではなく、病気の母と、カリエスの兄とを介抱しながら、一人で働

かねばならなかったので、並大抵の苦労ではなかったと察せられますが、でも感心に、ときどき磊吉夫婦に宛てて手紙を寄越していました。

ここに二十年末のものらしい初の手紙が一通ありますから、掲げて見ることにします。

御寮様

先日はわざ〳〵お手数のかゝつた送り物頂きまして誠に有難うございました大へんに御面倒遊ばしたであらうと思ひますと私のやうなものの為に先生や御寮様のお心づくしが勿体なく何とも御礼の申上げやうもございません本当に惜しい事には包がこはれましたらしく中味もとられて居りましてナマコが二つ□□つて居りました惜しくて〳〵泣きたいでした早速御礼申上げねばなりませぬ所私十二日より熊本に塩を持つて米と交換に行つて居りましたので今日まで失礼いたして居りました何卒お許し下さいませ当地は今熊本や佐賀に米交換に行くのがとても盛です大てい塩や衣類等持つて行きます私も十二日雨の中を塩（七升）は入つたトランクを背負つて駅まで二里半の道をとぼ〳〵歩きその日は駅で切符求めに並んで夜明し致しまして翌日出かけました塩一升と米一升にかへて貰ひましたが帰りが復員軍人やら米交換の人でとても汽車がこみ合ましてとても苦労を

致しました毎日米かえが方々の村からあつまつて七八十人は熊本駅におります枕崎駅についたのが夜九時過帰りも米七升のトランクを背負つて二里半の道をあるいて参りましたら十二時過になりました汽車の上や二里半の道をあるく時はこんなに苦労をしなくちやたべて行けないものかと思ひますが家に帰り着いて真白な白米の米を見ると母の顔も兄の顔もニコ〳〵顔、今までの苦労もどこかにとんでしまつてよろこんでしまうので御座います又おかげ様で腹一ぱいたべられます運の悪い人はせつかく苦労して持つて帰つて来ますと米を警察の人に取られてしまひますが私達は本当によろしう御座いました台湾からもぼつ〳〵当方にも帰つて参りますが弟はまだ帰りませんでも去十四日ハガキが参りまして元気に復務致して居ります由がわかり家内中にてやつと安心致しました近い中帰る事で御座いませう

では末筆乍ら鳰子御奥様お嬢様によろしくおつたえ下さいませ

かしこ

初

御寮様

御許

これは原文そのままで、一字一句訂正したところはありません。仮名遣いは新旧入り交っ

ておりますが、漢字は服務の「服」の字が「復」の字になっているだけで、他に間違いはありません。文字は稚拙で、下手ですけれども、続け字にせず、一字一字切り離して明瞭に書いてあります。文章も大変分り易く、意味がよく通るように書けています。小学校は卒業しているのだろうと思いますが、田舎の漁村に生れた娘が、これだけ長文の、こまこました手紙を書くことが出来るとすれば、頭も決して悪くありません。

文中に「ナマコが二つ□□って居りました」とある、ナマコと云うのはナマコ餅のことで、紙が破れて「二つ」の下が二字ほど読めなくなっていますが、餅が二つだけ這入っていたと云うのでしょう。中に復員軍人のことが出て来ますのは、終戦の直後のことらしく、この手紙を書いた翌年の春に勝山へ訪ねて来ているのです。手紙はまだこの外に幾通も貰っている筈なのですが、残念なことに皆紛失して残っていません。あんな辺鄙《へんぴ》な漁村にも敵機がたびたび襲来したと見えまして、そんな時には山の奥へ駆け込んで隠れているのだと申していましたが、そのことを記して来た手紙の中に「醜翼」と云う文字がありましたのを、磊吉は今も覚えています。アメリカの飛行機のことを当時の新聞は「醜翼」などと云っていたものですが、初も新聞学問でそんなむずかしい字を使っていますのが、ほほ笑ましいではありませんか。

千倉一家が疎開先の勝山を引き揚げて京都へ出て来ましたのは、その五月のことでしたが、その時初も一緒に附いて来たのです。適当な家屋が容易に見つかりませんでしたので、取り取えず部屋借りをしましたのは寺町の今出川を上《あが》ったところにある「亀井」と云う人の家でした。気楽な御隠居のお婆さんが一人で住んでいる家で、二階が廊下を挟んで二間《ふたま》、下がそれと同じような二間、外に台所、風呂場、前栽《せんざい》等があって、割合にゆっくりしていましたので、千倉一家は二階の二間を借りることが出来ました。御隠居さんは大層人の好い親切な人で、二階にばかり引っ込んでいらっしゃるには及びません、御飯の時は下の座敷をお使いになっても結構です、台所も自由にお使い下さい、と云った調子で、自分は長火鉢の部屋に閉じ籠って初と友達のようにしていました。この御隠居さんには年頃の息子さんがいたのですが、その息子さんは仕事の都合で中京《なかぎょう》の方に別に住んでいましたので、一人でこの家に暮らしている御隠居さんは賑かな同居人が出来たのを喜んでいたのでしょう。磊吉一家が移って来て間もなく、北海道で働いていた讃子の妹鳰子の夫、飛鳥井次郎も北海道の仕事を罷《や》めて京都へ出て参り、植物園の中に出来ました進駐軍将校クラブのマネージャーになりましたので、やがてこの飛鳥井夫婦が階下の座敷に泊めて貰うことになりました。そこで亀井家は俄かに大勢の人数になり、御隠居さん、磊吉、讃子、睦子、次郎、鳰子、それから初と云う六人家族になりました。

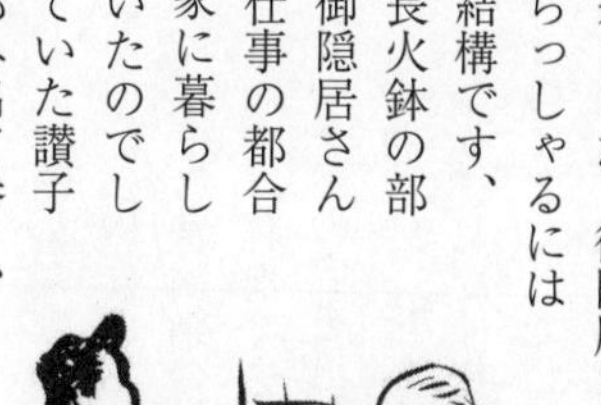

そうこうするうちに、南方へ出征していました尼ヶ崎のはるの夫が復員して来まして、或る日夫婦で亀井方へ訪ねて参りました。これも京都で何かの職にありつきたいと申しますので、讃子が鞍馬行電車の沿線の「市原」と云うところに、いささか縁辺の農家がありますのを思い出して、先ずその農家の一室に部屋を借りてやりました。夫の中延が職にあぶれています間、はるはときどき遊びに来ては昔馴染の初を手伝って台所の用をしてくれましたが、程なく夫の中延が吉田の牛宮《うしのみや》町にささやかな古本屋の店を出しました。はるも九条の東寺あたりに古本の夜店を出したりしまして、夫を助けて一生懸命稼ぐようになりましたので、もうそうそうは亀井方へ来る訳に行かなくなりました。初が国元へ手紙を出して、梅と云う娘を呼び寄せましたのはたしかその時分のことでした。これは多分、世間も追い追い落ち着いて参り、千倉の一家も京都の生活に慣れて来ましたので、誰かもう一人台所の用をする人を呼ぶことにしようと、讃子が云い出して、それなら適当な娘を見つけましょうと、初が賛成したのであったと思います。

# 第五回

梅が始めて京都へ出て来ました時は、その最初の日から忘れられない出来事がありました。梅は（「梅」と云うのは千倉家での呼び名で、本名ではありません。本名は「国」と云いました）数え年の十七歳と云うことでしたから、満《まん》で云えば十五か六だったでしょう。初と同じ漁村の、小学校の高等科を卒業して、一二年田舎の親元で暮らしているうち、初から手紙が来ましたので郷里を後にする気になり、たった一人で長い長い旅をつづけて京都駅に降り立った訳でした。始めての娘が鹿児島から出て来ます場合、大概知人の誰かしらが上京する機会を待って、その人に連れて来て貰うのですが、梅の時は生憎適当な同伴者が得られなかったと見えまして、可哀そうに一人でポツンとホームに放り出されたのです。予《あらかじ》め電報の打ち合せがあった筈です

し、初が駅まで迎えに出たに違いないのですが、多分電文の間違いか何かだったのでしょう、兎に角梅が下車しました時は誰も迎えに出ていませんでした。彼女は仕方なく重い荷物を抱えまして、所番地は教えて貰っていましたので、寺町の今出川を数町上《かみ》に上ったところにある亀井の家の方角へ歩き出しました。

御承知の通り、今出川より数町上と云いますと、京都の南の端にある七条駅からは、端から端へ、京都市を縦断することになります。勿論戦後のことですから、タクシーなどを摑まえる訳には参りません、駅前から烏丸今出川辺まで市電で来まして、それから方々を三四時間もうろうろと尋ね歩いて、ようやくのことで亀井方を捜し当てたのはその日の夕方のことでした。

「国と申す者でございます」

と云って、格子を開けて這入って来た彼女を見ました時、案じ暮らしていた千倉一家の者共は、まあよかったと、ホッと安心しましたものの、てもまあこんな小さな可愛い娘が、よくも一人でと、驚きもすれば感心もしました。

感心と云えば、初と違ってこの娘は最初から標準語を澱《よど》みなく明瞭に話しました。初はいまだに完全には訛りが抜けず、相変らず「かだら」だの「よられ」だのと云っていましたが、梅は初と話す時だけ方言を使い、磊吉たちには明晳な標準語で答えました。彼女が京都の町々を捜し歩いて亀井家へ辿り着きますまでには、定めし至る所で町の人々に所番地を説明し、何度も何度も質問したことでしょうが、それが出来ましたのは分りにくい鹿児島弁でなく、標準語を流暢にあやつることが出来たからだと思います。用心深い初は、国から人を呼び寄せますにも、十分に詮議を遂げ、あの娘なら大丈夫と云う見極めをつけてからでなければ、迂闊《うかつ》なことをする筈はありませんが、さすがに初のめがねに叶うだけあって生れつき利発な娘だと云うことは、この事件一つだけでも明かでした。

十七歳の若さですから、まだ背丈《せたけ》は伸びるでしょうが、それにしましても梅は初のような大柄な娘ではありませんでした。

小柄で、クリクリと太った、円顔の、色の白い児でした。まるでコケシ人形のようだと誰かが云い出して、それから皆がコケシ人形コケシ人形と云うようになりました。一つでも年上の者を尊敬することが鹿児島地方の美風であることは前に述べましたが、まして梅は初の云いつけを何事でも「はい、はい」と聴いて、絶対に服従すると云う風でした。

小学校を出たばかりの、このような幼い児を、たった一人で旅立たせる親御の気持はどんなだろうと思いまして、或る時讃子が国元の様子を尋ねて見ますと、父も母ももう亡くなって、今はいない、父は酒に酔っ払って自転車に乗って出て行ったきり、川に

落ちて死んでしまった、自分は両親の間に出来た一人娘であるが、祖父の姉に当るお婆さんが今も健在で、その家が相当に暮らしているところから、そこに引き取られて養育されたのだと云います。

梅が来ると間もなく、千倉の一家は南禅寺の下河原町に恰好な売家を見つけて引き移りました。それは二十一年も押し詰まった十一月の末のことでした。紅葉の名所の永観堂からそう遠くない所で、座敷の前にちょっとした庭があり、その庭の前を北から南へ白川が流れていました。磊吉は書斎の机に向いながら、その白川のせせらぎを聞くことが出来るのが大層気に入って、一も二もなくその家に決めたのです。門を出て少し行きますと上田秋成の墓のある西福寺、小堀遠州の庭で有名な金地院、山県《やまがた》公の無隣庵《むりんあん》などがあり、平安神宮も直ぐ近い所にありました。

磊吉一家が移った後、亀井の家には飛鳥井次郎と鳰子の夫婦がなお暫く階下の座敷を借りて住んでいましたが、それも加茂の大橋の近くにあった三井の別荘の茶座敷を借りて引き移りました。鳰子は夫の次郎を植物園の将校クラブへ送り出してしまいますと、毎日のように南禅寺の姉の家へ遊びに来ていました。

磊吉夫婦が京都の冬の寒さに堪えかねて、馴染の深い熱海の土地へ避寒に逃げて来ましたのはその明くる年の二十二年の暮から二十三年の春へかけてのことでした。戦争中疎開しておりました彼の地の西山の別荘は、岡山県の勝山へ再疎開します時に処分してしまいましたので、もはやその家はありません。で、東京の山王ホテルの支店である熱海の山王ホテル内の、T氏の別荘を当分の間借りることにしましたが、そうなりますと南禅寺の家は睦子一人になりますので、飛鳥井夫婦が留守を預かることになりました。そんな次第で、急に女中をもう二三人雇い入れる必要が起りました。T氏の別荘を借りるにつきましては、そこに女中を一人、飛鳥井夫婦が南禅寺へ泊りに来てしまいますと、その留守番に三井の茶座敷へ一人、南禅寺も飛鳥井夫婦と睦子との三人家族になりましたから、一人では女中が不足しますので、そこに又もう一人。今度も早速初が鹿児島から「みき」と「まし」と云う二人を呼び寄せてくれました。

二人は一緒の汽車で出て来てくれましたが、ましは以前阪神間の某家に奉公していましたのが、戦争中に帰国したのだそうで、始めての旅ではありませんでした。「まし」とはこれも亦珍しい名前で、「ます」か「まさ」の訛りではないかと思うのですが、讃子が何度聞き返しても、

「いいえ『まし』でございます」

と云います。戸籍面にも確かに「まし」と書いてあるのを見たと云います。歳は二十四五ぐらい、小柄な、血色の悪い、眼の小さい、鼻の低い、旗幟不鮮明な顔立ちの娘でした。みきはましに連れられて今度始めて出て来ましたので、歳は十六だと云っていました。大層性急《せっかち》な、早呑み込みをする娘で、半分用を云いつけかけると、皆まで聞かずに駆け出し

て行く癖がありました。そこで差当り、初が熱海、ましが三井別荘、梅とみきが南禅寺、と云うことになりましたが、この「まし」だの「みき」だのと云う名前は本名そのままを使っていました。奉公人に仮の名を附けると云う習慣も、戦後は次第にすたれかかっていたのでした。

磊吉夫婦は四月中旬まで熱海で暮らしましたが、それからは京都と熱海の間を始終行ったり来たりしていました。女中も初が帰って梅が来たり、みきやましが熱海の留守番を仰せつかったり、いろいろでした。この四人の外にもちょっとの間転がり込んで、又直ぐ余所《よそ》へ行ってしまったのが一人か二人いたかも知れませんが、いずれも鹿児島生れの者で、みんな初の息のかかった娘たちでした。初はすっかり京都に馴れて、毎日錦小路の市場などへ一人で買物に出かけるようになりました。

さて、磊吉夫婦が熱海に来て南禅寺の家を留守にしておりました二十三年の冬、二月の節分の夜のことでした。南禅寺には飛鳥井夫婦と、睦子と、梅と、ましとが留守番をしていまして、二階の東側の部屋に睦子、西側の部屋に飛鳥井夫婦が寝ていましたが、何でも明け方の五時近くだったでしょう、

「お嬢ちゃん、お嬢ちゃん」

と、突然階段を上って来て、睦子の部屋の襖を叩く者がありました。睦子が眼を覚まして、

「誰？」

と云いますと、ましの声で、

「お嬢ちゃん、梅さんがどうかあります」

と云います。そしてブルブル顫えています。

「どうかあるって、どうなの?」

「梅さんが白眼を出して、障子をガタガタ鳴らしています。わたくし恐うございます」

睦子がましの後について階段を下りて行きますと、女中部屋の障子がガタガタと地震のように揺れています。障子を開けると、梅が白眼を剝《む》いて蟹のように泡を吹いて手足を弾機《ばね》仕掛のように痙攣《けいれん》させているのでした。飛鳥井夫婦も驚いて下りて来ましたが、いつもはあのコケシ人形のような可愛らしい梅が、眼を吊り上げ、顔じゅうを奇怪千万な形に歪めて、布団の上に仰《の》け反《ぞ》り返って暴れています。ガタガタ云う音は暴れながら

障子を蹴飛ばしたり、手足をもがいたりする、その震動の音なのです。鳰子が直ぐにかかりつけの小島と云うお医者さんに電話しますと、まだ三十台で独身の、至って気さくな、話の面白い先生なのが即座に飛んで来てくれましたが、病人の様子を一と目見るなり、

「あ、これは癲癇《てんかん》ですわ」

と、雑作もなく云うのでした。鳰子は腹の中で、癲癇だなんて、そんな馬鹿なことがあるものか、常から非常に利発な娘で、内へ来てからもう一年以上にもなるのに、今まで癲癇の発作を起したことなんか一度もなかった、何か外の原因で脳に異変が生じたのではないか、とも思いましたが、「いや、これは明かに癲癇です」と云って、小島先生は承知しません。そして体じゅうを痙攣させて暴れ廻る病人の手だの足だのを、家じゅうの者の手を借りて無理やりに押さえつけて、やっとこさと鎮痙剤《ちんけいざい》を注射しました。注射される間もしきりに何か呻きながら暴れていましたが、やがて病人はむっくと跳ね起きて坐り直し、いきなり小島先生の膝を枕にグウグウ寝込んでしまいました。その行動の咄嗟で突飛だったことと云ったら、みんな呆気《あっけ》に取られました。

明くる日になっても梅の昏睡状態はまだつづいていました。初はその前の日あたりから、ましと交代で三井の別荘へ留守番に行っていまして、騒ぎの最中には居合せませんでしたが、明くる日の早朝鳰子から電話がありまして、再びましと交代で直ぐさま南禅寺へ戻るように命ぜられました。それと云いますのが、昨夜の梅の、白眼を剝《む》いた凄い形相《ぎょうそう》を見

てからと云うもの、ましはすっかり怖気《おじけ》づいてブルブル顫えてばかりいまして、何を云いつけても用事が手につきません。仕様がないので、こんな時には初の方がいくらか頼りになるだろうと思った訳でした。

ところがそれが又大違いでした。初が戻って来た時分には一応病人も落ち着いて、ただ安らかに昏睡しているだけでしたので、ときどき初は女中部屋を覗き込んでは、すやすや寝息を立てている梅の寝顔を不思議そうに窺《うかが》っていましたが、そのうちに病人は何と思ったか夢遊病者のようにふらっと立って、自分でスウッと障子を開けて出て行きました。睦子と初がびっくりして、

「梅さん、梅さん、何処へ行くの、大丈夫？」

と、声をかけましたが、何の反応も示さず、返事もしません。じーっと空間の一点を視《み》つめたまま廊下を音もなく歩いて行って、下の便所の戸を開けて、澄まし込んで用を済まして、又スウッと出て来て、寝床へ戻るや否や再び寝息を立てて寝てしまいました。廊下を戻って来る時も、相変らず瞳を据えて虚空の一点を睨んだままでした。

その様子が余程異様だったと見えて、今度は初がガタガタ顫え出しました。いつぞや唖の乞食が来ました時にも「アパ、アパ」と云ってこんな工合に顫えたのでした。その晩、梅の隣りに枕をならべて寝ていた初は、夜が更けてから又してもガタガタ顫え出しましたので、病人が発作を起したのかと又家じゅうの大騒ぎになりましたが、今度は梅が暴れたの

ではなく、初が昼間の恐怖の余り夢に襲われて、錯覚を起したのでした。初はそれが自分の錯覚であったと分ると、一層気味が悪くなって尚更顫えが止りませんでした。熱海にいました磊吉夫婦のところへも、早速委《くわ》しい報告が来ましたことは申すまでもありません。飛鳥井次郎は器用な男で、漫画を書くのが得意でしたから、梅が髪の毛をおどろと振り乱して暴れている恰好を詳細な絵入りで説明して来ました。だがそれにしても、あんなに賢い、何をさせても立派に役に立つ娘が、どうしてそんな不幸な病気になったのだろう、果して小島先生の云う通り癲癇に違いないのだろうか、出来ることなら何とでもして直してやりたいものだがと、夫婦は語り合いましたが、いずれ京都へ帰った上で京大か阪大へ連れて行き、専門家に見て貰ってからのことにしようと決めていました。幸いに二月の時は、病人の発作は二三日で治まって平素の梅と変りない状態になりましたけれども、月が改まって三月に這入りますと、又ぞろ二三日つづけて発作があったと云う通知がありました。鳰子からの手紙では、それが原因かどうか確かなことは分らないけれども、節分の日の、最初の発作があった二三日前に、梅は生れて始めてパーマネントを掛けに行った、それも自分から進んで行った訳ではない、あの、今は古本屋の中延の奥さんになっているはるが、パーマネントを掛けたらいいとしきりに勧めたからだと云います。ですが、その時分のパーマは今のようなコールドパーマではありません、みんな電気のパーマでしたから、相当の熱気が加えられますので、その熱さを怺《こら》えなければなりません、梅はその時頭が非常に熱かったので我慢するのが辛かったと云います。で、恐らくその刺戟が誘因で、あの発作が起ったのではないだろうかと、鴫子は書いて来ました。

## 第六回

讃子が梅を阪大の神経科へ伴って行って診断を仰ぎましたのは、四月の中旬のことでした。夫婦は熱海の錦ヶ浦の花見を済ませ、京都へ帰ると取り敢えず平安神宮の紅枝垂を見て、その明くる日阪大へ連れて行ったのでした。結果は矢張小島先生の所見の通り、正《まさ》しく癲癇に違いないと云うことになりました。「子供の時に何か高い所から落ちて頭部を強く打ったような記憶はないか」と云う質問に、「そう云えば四つの時に屋根から落ちて、頭を打ったことがございます」と答えましたので、「ではそれが原因である。普通は思春期の年頃になって発作を起すものであるが、君は今日まで何事もなく過していたのにたまたま電気パーマの熱が刺戟になって起ったのであろう。但し先天性の癲癇は直りにくいが、君のは後天性のものであるから、決して悲観することはない。毎日アレビアチンと云う錠剤

の鎮痙剤を持続して服用すれば、次第に発作も軽くなって遂には起らないようになる。しかし最も完全な治療法は、早く結婚することである。結婚さえすれば必ず治癒することは請け合いである」と、その専門医は教えてくれました。そうは云うものの、梅の発作はなかなか阪大の専門家の申されるように、そう簡単には治癒しませんでした。彼女はそれから一二年後に帰国しまして初の弟と結婚し、今では男の子が一人と女の子が一人の子持ちになりまして、もはや癲癇の痕跡《こんせき》は跡形《あとかた》もなく直ってしまいましたから、結局は専門家の予言が当った訳なのですが、千倉家に勤めていました間はときどき朋輩を驚かしたり悩ましたりしました。

千倉家は二十四年の四月に南禅寺の家を飛鳥井夫婦に譲りまして、下鴨の糺《ただす》の森の近くの、間数の多い家に移りましたので、又新しく女中を殖やす必要が起りまして、駒に定と云う二人の娘に来て貰いましたが、これは初の周旋ではなく、出入りの呉服屋の世話で、駒は京都生れ、定は河内生れでした。この娘たちの性質や身の上につきましては、いずれ後段で述べる機会がありましょうから、今は委《くわ》しくは申しません、それよりこの二人は来ると怱々《そうそう》、梅のあの戸障子をガタガタやらせる光景を目撃しまして、二人ともそれぞれの仕方で怯《おび》えました。

定より駒の方が一二箇月先に来ていましたが、この娘にはまことに奇態な癖がありまして、何事に依らず不快を感じますと、途端にゲーッと吐き気を催すのです。そのゲーッと云いますのが、とても仰山な、大きな声で、ワーッと怒鳴るように云うのです。百足《むかで》が匐《は》っているのを見たとか、廊下で蜘蛛《くも》を見つけたとか、ゲジゲジが落ちて来たとか、ほんのちょっとしたことで直ぐゲーッと来るのです。時にはゲーッと云いながら慌てて外へ飛び出すことがありましたが、そんな時は吐き気が止らないで本当に汚物を吐き出しているのでした。で、梅が例の発作を起して女中部屋の障子をガタガタ云わせますと、必ず駒はゲーッと云って口を押えて逃げ出しました。ガタガタの外にこのゲーッの伴奏が参加しますので、家じゅうの騒ぎが一層賑かなものになります。そこへ持って来て定が来てからは、定が又ブルブル顫えて駆け出して、

「おかあちゃん！」

と云って恐がりました。

讃子は梅をその後もう一度阪大へ連れて行って見て貰いましたが、大概月に一回は、月経の前後になると起していました。起す時には二三日前から何となく当人にも予感があるらしく、

「気分がおかしい、どうかあります」

と云っていました。

この「どうかある」と云う云い方は鹿児島特有の云い方で、初も、えつも、みきも、まし も、皆云いました。「何か変だ」と云う意味を、皆「どうかある」と云いました。梅の告白に依りますと、発作の起る数日前から何とも云えない複雑な、不思議な幻想が頭の中を一杯に塞《ふさ》いで云いようのない不愉快な気分になる。幻想が一つだけでなく、互に全く関係のない二つも三つもの幻想が、同時に別々に頭の中を進行して行く。各々《おのおの》の思想がいくつにも分れて連絡もなく脳裡に浮かび、而《しか》もはっきりと分れたままで活動をつづけて行く。それが自分にもよく見えるのが不気味で溜らない、と云います。「又梅さんが起すんじゃないか」と云うことは、時期が近づくに従って他人にも分りました。

「えへへへへ………」

と笑いながら、駒や定を追いかけ廻して、背中や腋《わき》の下に手を突っ込んで擽《くすぐ》ったりすることもありましたが、そう云う時はやがて始まる前兆なのでした。但し追いかけ廻すのは女の人たちに決っていまして、男の人を追いかけたことはありませんでした。

その時の工合で発作には多少の強弱があり、月に依って違いましたが、発作を起すと必ず粗相をして、小水を漏らすのが常でした。発作が治まると、いつも物凄い大鼾《おおいびき》を掻いて睡りました。或る時発作が治まってからふらりと立ち上り、台所の流し板の上に登って、犬のように片足を上げて用を足したことなどもありました。何か特別な精神的な興奮やショックを受けますと、月経の時でなくても起しました。

二十四年中に、千倉家では再び本邸と別荘と、家を二軒持つことになりました。本邸は京都下鴨の糺の森に、別荘は熱海の山王ホテルのT氏の持ち家を引き払って仲田と云う所に構えましたが、そんなことで京都にも熱海にも、又々女中の数が殖えたことでした。その年の暮の大晦日には、例に依って磊吉夫婦は避寒のために熱海に来ていましたから、女中も梅と駒と、外に誰かもう一人ぐらい来ていた筈ですが、そのもう一人は誰であったか確かでありません。が、その一人が家に残ってい、梅と駒とはお正月のお節《せち》の仕度も済みましたので、主人から暇を貰って町へ映画を見に出かけました。映画館は東宝で、映画はロバート・テイラーとビビアン・リイ主演の「哀愁」と云うものでした。大晦日の晩のことですから場内はまばらで、少人数の観客がいるだけでしたが、間もなく駒が映画の場面に感動の余り声を挙げて泣き出しましたので、隣にいた梅は溜りかね、

「駒さん、駒さん、そんな大きな声を出して見っともないいじゃないの、みんなこっちを見てるわよ」

と、再三注意して小突きましたが、駒はなかなか止めません。時には例のゲーッと云う音も交ります。その度毎に近所の客がびっくりして駒の方を振り向きます。とうとう梅は腹に据えかねて席を変え、ずうっと離れた反対の側の端の方へ逃げて行きました。駒の泣き声は遠くへ来ても盛んに聞えて来ますので、梅はプリプリ怒りながら絵を見ていましたが、どうした加減か駒の泣き声に感染して彼女も悲しくて溜らなくなり、急にワアーッと大泣きに泣き始めました。そしてその映画が終るまで、二人の派手な泣き声が彼方と此方とで場内に響き渡りました。梅がその明くる日、昭和二十五年の元旦早々から発作に襲われましたのは、多分前の晩の感動が原因だったに違いなく、発作の程度もいつもより激しいものでした。

熱海に有名な大火がありましたのは、その年の四月の中旬、十三日の夜から払暁《ふつぎょう》へかけてのことでした。当時磊吉たちは京都におり、仲田の家には梅と小夜《さよ》と云う女中が二人で留守を預かっていました。海岸の埋立地の方から燃え出した火はだんだん山手の方へ一面にひろがり、火勢が刻々と仲田の千倉別荘に迫りつつあると云うことは、ラジオで下鴨にも報ぜられて来ましたので、もうあの家は助からないものと、磊吉たちは一時は全く諦《あきら》めていましたが、幸いにして僅かな距離で類焼を免れたことが判明しましたのは、翌朝の明け方になってからでした。その夜梅と小夜とは家財道具の目ぼしいものと思える品々を、あらん限り引っ張り出して徹宵《てっしょう》して風呂敷や行李やトランクに詰め込み、西山へ通うあの急な坂道を何回か行ったり来たりしながら知人の家へ運びまして、並々ならぬ働きを示しました。千倉夫婦はまだ余燼《よじん》のくすぶっているところへ京都から戻って参り、目抜きの場所の大半が烏有《うゆう》に帰した有様を見て廻ったことでしたが、先ずその前に、女中たちの労をねぎらうつもりで、

「昨夜はほんとに御苦労だったね、二人で大変だったろう」

と、玄関から声をかけて這入って行きますと、

「危いところで助かりまして、御無事でよろしゅうございました。先生は御運がお強くっていらっしゃるのでございます」

と、ひとりで出て来た小夜が云います。こんな工合に、小夜は妙にこましゃくれた物の云い方をする女でした。

「梅は？　梅はどうしたの」

と云いますと、小夜が困った顔をして、

「梅さんは二階のベランダにおります」

と云います。

「ベランダに？」

夫婦が二階へ上ろうとして階段を上りかけますと、忽《たちま》ち物凄い鼾の声が洩れて来ました。上って見ますと、梅が日光のかんかん照りつけるベランダに仰向けに寝て、グウグウ寝息

を立てているのでした。傍には例の小水が流れています。小夜に聞きますと、昨夜は梅も小夜と一緒に大活動をしたのだそうですが、燃えさかる火の勢に興奮したせいか、今日の昼頃になって、ベランダに出て焼け跡の光景を見渡しているうちに、次第に素振が怪しくなり、遂にいつもの発作を起して暴れ出した、今まで発作を起しますのは夜に決っていまして、日中に起すことはありませんでしたのに、その日は珍しく真昼にそんなことになり、そのまま昏睡に陥ってしまったのだそうです。発作が治まりさえすれば、平素は別に変りはないと申しましたが、駒の話では、夜、梅の隣に寝ていますと駒の足に自分の足をからみ着かせようとして来ますので、それが気持が悪くって弱ったと云います。それから、梅はお酒が大好きで、ときどき燗ざましの酒を台所でこっそり飲んでいました。京都にいた時に一度公然と飲ませたことがありましたが、その時は恐しく酔っ払って睦子の兄の啓助を摑まえて、

「おい！　水持って来い！」

などと怒鳴ったりしました。

料理を拵えさせますと、初のお仕込みだけあってなかなか上手でした。一番得意なのはオ

ムレツで、先ずフライパンに卵を薄く平らに伸ばして、その上にハム、挽《ひ》き肉、海苔、鯛、などを載せまして、それを卵で柏餅のように包んで、

「ヒョイ、ヒョイ、ヒョイ」

と、三拍子で調子を取って、ぽんと上に跳ね上げて、卵を器用に裏返しにします。駒はこれを「つばめ返し」と名づけまして、

「ホラ、梅さんのつばめ返しが始まった」

と、よくそう云いました。

梅の動作は一見スローのように見えて、案外達者なのでした。普通の人と違っていましたのは、大根や馬鈴薯などの皮を剝く時の庖丁の持ち方でした。普通は庖丁の柄を持ちますのに、親指の反対側に残りの四本の指を揃えて廻しますが、梅は人指し指を一本だけ庖丁の峯に載せ、他の三本を反対側に廻し、クルクルと上手に皮を剝きました。これも梅ばかりでなく、初も、えつも、みきも、ましも、これから現れる節も、銀も、鹿児島生れの娘は

皆そう云う風にして皮を剝きました。

梅は又ユーモアがありまして、讃子たちが云う洒落などを誰よりも早く理解しました。「容易《たやす》いことでございます」と云うべきところを、鹿児島では「易《やす》いものでございます」と云うと見えまして、

「あんたにこれが出来るかね」

と云いますと、

「そんなことは訳ございません」

と申します代りに、

「易いものでございます」

と、梅は云いました。それを磊吉がいつの間にか聞き覚えまして、何かと云うと、

「易いものでございます」

と、梅の口真似をしたものでしたが、今度は逆に梅の口真似をする磊吉の声を梅が真似まして、

「易いものでございます」

と云って、皆を笑わせました。

梅が暇を貰って故郷へ帰りましたのは、大火のあった年の翌年のことでした。発作はその間じゅう月に一回は起していましまして、翌日一日物も食べずに寝ていることは珍しくありま

せんでしたが、国へ帰りまして三四年後、少年時代から鰹船に乗り込んで稼いでおりました初の弟の、安吉と結婚したと云う知らせが参りました時は、千倉一家は祝杯を挙げて此の上もなく安心もすれば喜びもしました。讃子は梅に女の子が生れますと、ちょうどそれより一年前に、こちらでは睦子の兄の啓助が結婚しまして女の子を儲けました折でしたから、不用になった子供の衣類などを次から次と送ってやりましたが、お蔭で着物を拵えないで助かりますと、その都度礼状を寄越しました。そういう訳で信書の往復は絶えず続けておりましたし、おいしい生干しの鰹節などは始終送って来てくれましたけれども、どんな奥さんになっていますことやら、別れてから既に

十一年、顔はごく最近まで見たことがありませんでした。ですが、鰹船の機関長に出世していた亭主の安吉は、どうかすると鰹を追いかけて静岡県下の焼津港に碇泊することがありました。そんな時には必ず大きな鰹を一尾、土産に提げて熱海へ立ち寄ってくれまして、妻や子供たちの様子を話してくれました。磊吉たちはその顔を見ますと、梅のことを思い出すばかりでなく、面影が何となく姉の初に似ておりますところから、初のことも思い出さずにはいられません。で、毎年鰹の季節になりますと、今年も寄ってくれるかなと、心待ちにしていたものですが、やがてだんだん来ないようになりました。察するところ、鰹船は日本の沿岸より支那海から印度洋方面へ行くことが多くなったのでしょう。あの辺の鰹船は木造ディーゼル機関附きで、大型でもせいぜい百五十噸《トン》ぐらい、小型は三十噸ぐらい、安吉が乗り込んでいましたのは五十噸ぐらいだそうですが、それでも遠洋操業が主体だそうです。鰹を獲《と》るのは釣竿で一本釣りにするのだそうで、生きた小魚を餌《えさ》に用いるのだと云います。乗組従業員は五十名内外、船長、漁撈長《ぎょろうちょう》の幹部の外に機関長、無線通信士、航海士、見張員、操舵手、操機手等々で、積込物件は燃料の重油、貯蔵用水、――これは小魚を鮮魚として蓄えるためで、小魚は鯖《さば》、鰯《いわし》の類です。――食糧及び飲料水、釣竿釣道具一式。鰹は黒潮に乗って春の初めに北上して来まして、晩秋に南下します。性質は敏捷活潑で常に群游しています。小魚の外にはプランクトンを食します。操業海域はトカラ群島附近から南西諸島、台湾近海を主にしまして、操業期間は一週間から三週間ぐらいを一航海としますが、一年中殆ど無休で操業していますので、家庭に帰って女房子供に逢えますのは月に一回、ほんの一日二日だそうです。

## 第七回

「鰹船にはいろいろ変った面白い話がありそうだね、僕に聞かしてくれないかな」

先年安吉が熱海へ訪ねて来ました時、磊吉がそう云いますと、

「そうでございます、先生や奥さんがお聞きになったら珍しい話が沢山ございます。私は無学で話下手ですから、誰か友達に書いて貰って後から送ります。どうかそれを読んで下さい」

と、安吉は云いました。そしてひと月ばかり後に、約束通り次のような手記を封入した手紙を寄越したことがありました。

この手記を書きましたのは、安吉の友人で相当文筆の才のある人らしく、嘗ては安吉と同様に鰹船に乗った経験があるのですが、今ではどこかの役場の書記をしているのだと云います。従ってこの内容は安吉の談話を筆録したのではなく、この手記の筆者自身の叙述であることを承知の上で読んで下さい。少し長過ぎますけれども、これも初や、梅や、後段

に出て来る節などを理解する上に役に立つと思いますから、その書出しの一部分を掲げてみます。

泊漁港の夜明けはまだ静まりかえっています。あたりは暗い浜辺で、人々の呼び交す元気な声がしています。港に碇泊している鰹釣船××丸から急に賑やかな流行歌が拡声器に乗って港内一杯に流れ出しました。昨日大漁して帰港した××丸が再び出航するのです。漸く東の空が明るくなると、波止場から小さい艀《はしけ》に一杯乗り組んだ漁夫たちが××丸に向って櫓を漕いで行きます。船は大漁旗を朝の汐風にはためかして威勢がよい。やがて××丸は錨《いかり》を上げ、エンジンを始動して徐《おもむ》ろに船首を港外に向けました。乗組員の家族や友人は海岸に立ち並んで盛んに手を振って見送っています。拡声器のメロディは勇ましい軍艦マーチに変り、船は港の波を蹴って沖に向って進行を始めます。

目指す漁場は黒潮おどる南方の荒海です。漁場に向う途上で、鰹の餌料を積み込まなければなりません。餌料は鰹の大好物の小鰯小鯖の生きのよいものばかり。近くの漁村に専業の貯餌場がありますので、そこに寄港して船内の生簀《いけす》に一杯積み込みます。さあ、いよいよ漁場へ向うのです。亜熱帯の南の海は常夏の暑さです。乗員一同はパンツだけの丸裸、ねじり鉢巻、肌は赤銅さながらの元気一杯の若者揃い。船は南支那海の荒波を乗り切って一路南下を続けます。視界に入るものは紺碧の海と空のみ。

船頭始め乗組員一同は鰹の群を求めて四方の水平線を凝視、終日見張りを続けます。魚群のあるところ、必ず海鳥が群をなして飛び交うのです。海鳥、一名をかつお鳥とも称します。遥かな水平線上の海鳥の発見が、漁場に於ける重大な責務です。ブリッジの上には船頭以下船の幹部が焼けつく炎天下に双眼鏡から眼を離さず、マストの見張台上には見張員が交代で登って頑張っています。船は終日涯《はて》しない洋上を走り廻って捜索します。

無線電信室の通信士は海岸局と連絡を取り、毎日数回報ぜられる気象台の気象通報をキャッチして船の安全航海に資し、又他僚船の漁撈の動静を探知して漁撈長に報告します。機関長はエンジンの調子を寸刻も油断せず注意して、当直の操縦手を督励します。船長は絶えず海図を睨んで船の位置を確認し、漁撈長に協力します。海水の温度を調べたり、餌の生き工合を見たり、幹部船員の職務は多忙です。而《しか》も終日の奮闘も空しく、魚群に行き遇わない日もあります。

今日は未明に乗員一同船室から飛び起きて各々配置に就きました。前日に引き続いての行動開始です。凪《なぎ》が良く、天気晴朗、絶好の釣日和です。と、マストの見張台から大声でかつお鳥発見の知らせがあります。エンジンルームにフールスピードの信号が伝わり、船は方位を南西に転じて一直線に矢の如く突進します。釣手の漁夫たちは釣竿を構えて立ち並びます。船は獲物を追う猟犬の如くかつお鳥の群れ交う海面に突入しました。

餌撒《ま》きの漁夫たちが盛んに生き餌を海中に投入しますと、期せずして海中より鰹の群が湧くように飛び上って来ました。老巧な釣手の一番釣りが始まります。船はエンジンを止めてストップします。餌撒きの漁夫は惜し気もなくどんどん海面に餌を撒きちらします。大群の鰹の中の一尾が餌に喰いついて甲板上に跳ね上げられました。忽ち船内は戦場の如く殺気立ち、数十本の竹の釣竿が躍り出て、次から次と釣り始めます。舷側に装置された撒水器からは、水がザアザア大雨のように海面の鰹の頭上に降り注いで魚を惑わします。船内では少年たちが甲板上を右往左往して、生簀から小桶に移した生き餌を釣手たちに配ります。投げ出された魚は胸や尾の鰭《ひれ》で甲板にパタパタ音を立てて暴れています。銀色の腹が綺麗に光ります。見る見る魚の山が積まれて行き、足の踏み場もありません。海の色が変るほど密集していた鰹の大群も大方釣り上げられて、何千尾とも数え切れません。船は鰹の重量でどっしりと吃水《きっすい》が下りました。もうこれ以上は積めません。船頭の「釣り方止め」の命令が声高く響きます。漁夫たちはほっとひと息します。

今まで餌を入れてあった生簀が、これから船艙に早変りして、鰹の貯蔵庫になるのです。生簀の海水の出入口を閉じて水をポンプで汲み出し、砕氷を投入して魚の鮮度を保ちながら基地の魚市場に戻ります。船足は重いが、乗組員一同の表情は明るい。母港出港以来もう幾日になることでしょう。板子一枚下は地獄と云われる荒海の船内で明け暮れ夢に見ていたのは、今日のこの大漁のことなのです。甲板の此処彼処《ここかしこ》で手柄話がはずみます。

いよいよ母港に帰って来ました。メインマストに大漁旗がひらめいて、港内にサイレンが鳴り渡ります。甲板に立ち並んだ乗員一同の間から大漁の呼び声が勇ましく起ります。

「ハン、ヨーイ、ヨーイ、ハンヨイ、サアサア」

この手記は努めて勇壮な方面を強調して書いていますが、かような船の乗組員を夫に持つ女たちは、決して安楽なものでないことは推測に難くありません。梅は初の弟の安吉と結婚しまして悪い病気も全快し、子供を二人までも儲けて仕合せになったようではありますけれども、毎日夫の帰りを待ち受けて親子水入らずで夕餉《ゆうげ》の膳に向うと云うような生活ではありません。そんなことが出来るのは月に一度か二度なのです。一年中の大部分は夫の安否を気遣いながら幼い子供たちを抱えて、一人で淋しく暮らしているのです。「板子一枚下は地獄」と、この手記も云っていますが、夫は五十噸《トン》内外のディーゼル船で、大胆にも南支那海まで遠く漁場を求めて行き、たまに帰って来たと思うと、たった一晩で、もう明くる朝は又その船で港の外へ去って行くのです。梅はその度毎に「これが夫の顔の見納めになりはしないか」と思い、こみ上げる悲しみを怺えながら船を見送ったことでしょう。而《しか》も月に一回か二回でも、夫が帰って来てくれるうちはいいのですが、いつ永久に帰らなくなるかも知れません。最近では気象通報も発達しまして、以前よりは航海が安全になりましたものの、梅が結婚した頃までは船員の遭難と云うことは決して珍しい事件ではありませんでした。後段に現れる節の最初の夫なども矢張鰹船に乗っていたのでしたが、連れ添うてから二年足らずの或る日、海へ出かけたきり帰らなくなったのだと云います。この節が千倉家へ奉公に来ました時は早くも既に未亡人になっていましたが、まだ二十四歳と云う若後家で、夫の忘れ形見である三歳の男の子を持っていました。そんな可愛い子がありながら故郷を捨てて奉公に出るには及ばないであろうに、どうしてそんな気になったのかと云いますと、その男の子がどう云う訳か節にさっぱり懐《なつ》いてくれない、それと云いますのが、夫が鰹船で働いています間、節は子供を母親に預けっ放しにして自分は毎日田圃で野良仕事をさせられていました、その間に子供はすっかりお祖母《ばあ》さん子になってしまったのでした。だから鹿児島は自分に取って悲しい思い出があるばかりで、楽しいことは何もない、詰まらないから奉公に出て来たのだと節は云いました。彼女は今では北九州の某工場に勤めている熟練工の許に嫁いで幸福に過しているようですが、船員の男を亭主に持つことは定めし懲《こ》り懲《ご》りしたのでしょう。ですが、又しても鰹船の男を亭主に持って、又その男に死なれたと云う例も、あの辺にはいくらもあると云う話です。土地が狭く、他に仕事らしい仕事も得られない漁村では、貰い手がなければ性懲りもなく再び鰹船の船員に貰われて行くより仕方がありません。梅の亭主の安吉も、好運にもこれと云う災難にも遭わずに来ましたが、女房子供の末を思うとさすがに心配になって来たのでしょう、とうとう船を下りて神戸へ来、何か別の職業にありついたと云う知らせが磊吉の手許に届きましたのは、つい最近のことです。どんな職業にありついたのか、委《くわ》しいことは書いてありませんでしたが。

で、これから節の話になるのですが、それより先に、節と深い関係のある小夜の話を述べておかなければなりません。

小夜は二十五年四月の熱海の大火の時には仲田の家に留守番をしておりまして、梅と共に火の粉を浴びながら大層な働きをし、その明くる朝は梅のすさまじい発作の光景を目撃しているのですから、彼女が千倉家へ住み込みましたのは、その同じ年の三月頃のことだったでしょう。彼女は初を頼って来た娘たちの一人ではなく、鹿児島県人会の一員ではありません。京都生れの駒と河内生れの定とは出入りの呉服屋の世話で来たのでしたが、小夜は誰の周旋でもなく、

「奥さん、お宅様で私を使って戴く訳には行きませんでしょうか」

と、讃子のところへ自分で自分を売り込みに来たのでした。

千倉家がまだ南禅寺の下河原町にありました時分、程遠くない永観堂町に中村と云う某銀行の頭取の邸宅がありましたが、小夜は最初はその家の女中でした。そして毎日主人の云いつけで食料の買出しに出かけたものでしたが、その往き復りに千倉の家の門前を通りま

すところから、いつからともなく讃子や千倉家の女中たちと顔見知りになりまして、裏口から台所へ上り込んで、ひとしきりおしゃべりをして行くことなどがありました。後から思うと、その時分から何かしら下心があって、内々千倉家の家庭の様子を探っていたのかも知れませんが、迂闊な千倉家では「あの女ならまあよさそうだ」と云うようなことで、格別身元などを詮索もせずに雇い入れましたので、身元引受人と云うような者もありませんでした。ですから彼女が中村家を出ましたのは自分の方から暇を貰ったのか、それとも暇を出されたのか、そう云う点が何となく曖昧でした。年齢は三十歳前後に見えましたから、中村家の前にもどこかに奉公していたらしくもあるのですが、何もはっきりしたことは分りません。雇い入れたのは南禅寺から下鴨へ移ってからで、讃子は雇い入れます時に一度だけ中村方へ身元を確めに行ったことがありましたけれども、生憎主人も奥さんも不在でしたので、それなり雇ってしまったのでした。

讃子が駒から間接に聞きましたところでは、小夜さんは阿波の徳島辺の生れだとか云っていました、私のお母さんは私を連れ子にして二度目の人の所に嫁《かたづ》いたのだ、と云うようなことも云っていました、しかしあんまり身の上のことを云いたがらない風でしたから、こちらもそれ以上尋ねたことはありません、とのことでした。千倉家へ住み込んでからの勤めぶりは、先ず当り前で、これと云う不都合はありませんでしたけれども、磊吉だけは何と云う理由もなしに最初からこの女が嫌いでした。

「あの、今度来たあの小夜と云う女中ね、あれを何とかして暇を出す訳には行かないものかね」

「どうしてなの？」

「どうしてと云われると困るが、僕は直感的に不愉快な気がするんだよ、どうもあの女は虫が好かない」

「でも来たばかりで、理由もなしに暇を出す訳にも行かないじゃないの。火事の時にもあんなに働いてくれたんだし、………」

夫婦がこんな会話を交しましたのは、火事見舞から引き続いて仲田の家に逗留している時でしたが、たしか五月の末の或る日の夕方、磊吉は二階の書斎で書見をしておりまして、ふと、机の抽出を開けますと、中に見覚えのない小さな紙片が丁寧に畳んで入れてあるのを発見しました。何かと思って開けて見ますと、鉛筆で次のような走り書きの文字がしたためてあるのでした。


失礼でございますが、鉛筆の持ち合せがございませんでしたので、ここにあるのを勝手

に一本使わせていただきました、
お免《ゆる》し下さいませ　小夜

文字の書きよう、言葉遣い、ひと通り整っていまして、拙くはありません。ですがこの紙片は、いったい小夜がいつこの抽出へ入れたのでしょうか。磊吉は日に二三度はこの抽出を開けることがあります。その日も午前中に一度と、午後にも二時か三時頃にもう一度開けたことがあるのですが、その時までは、こんな紙片を見かけた覚えはありませんでした。としますと、それから以後、三時過ぎに階下の茶の間へ下りて菓子を食べ、庭へ出て暫く植木いじりをし、夕刊を読んで五時半頃に再び書斎へ上って行った、その二時間余りの間に、隙を見てこんな紙片をここへ投げ込んだのに違いない。鉛筆は十本ばかりペン皿の上に揃えて置いてあるのですから、使いたければ黙って持って行っ

たらいい。いや、そんなことをしないでも、女中部屋へ行けば梅か駒か誰かが鉛筆の一本ぐらい持っている筈だ。

「おい、小夜！　小夜はいないか、ちょっと二階へ上って来い！」

磊吉は急にカッとなって怒鳴りました。

## 第八回

「小夜はいないか小夜は！」

「お召しでございますか」

小夜はいつもの変に落ち着いた、馬鹿丁寧な言葉遣いで、足音も立てずに上って来まして、すうっと襖を開けて坐りました。

「この抽出を開けて、ここへこんなものを書いて入れたのは君なんだね」

「勝手に鉛筆を拝借させて戴きまして、失礼だと存じましたものですから、……」

「勝手に鉛筆を使ったことを云ってるんじゃない。勝手に主人の机の抽出を開けたことを云ってるんだ。誰に断って開けたんだ、無断で人の抽出を開けるのは失礼でないのか」

「何とも申し訳がございません、急にメモを取っておく必要がございましたので、忘れないうちにと存じまして、……」

「そんなことを聞いてるんじゃないんだってば。誰に断ってここを開けたかと聞いてるんだ」

「はい」

「鉛筆は机の上に置いてあるんだ、それを使うのに抽出を開ける用はない」

「はい」

「貴様は実にへんな奴だ」

思わず「貴様」と云う言葉が出てしまいました。

「己は貴様と毎日顔を合わしてるんだ、勝手に使って悪かったと思ったら会った時に口で詫《あや》まればいい、抽出を開けてわざわざこんなものを書き入れる必要がどこにある」

「はい」

磊吉はまるで附け文《ぶみ》でもされたようなイヤな気がしました。

「第一ここにある鉛筆は、己が毎日この机で仕事をするのに使ってるんだ、己は毎朝自分でこの鉛筆を削って、こうしてここへ揃えておくんだ。そんなものを他人が使っていいものか悪いものか、貴様に分らない筈はなかろう」

「はい」

「馬鹿、何と云う不愉快な奴だ、貴様みたいな奴はいて貰いたくないから出てってくれ」

生来怒りっぽい磊吉は、どうかすると女中に怒鳴ることはありましたけれども、こんな激しい強い云い方をしたことはめったにありませんでした。この時は芯から腹が立ちましたので、直ぐに讃子を呼びまして、彼女に暇を出すように云いつけました。こう云う場合、讃子は大概夫をなだめる役に廻って、穏便に事を運ぶのですが、この時ばかりはそう云う訳に行きませんでした。

「怒るのが当り前じゃないか、怒らない方がどうかしている」

「まあ、それはそうですけれども、………」

何とか彼とか執《と》り成そうとしますと、こんな時の磊吉の癖で、妻が自分と一緒になって腹を立てないのに腹を立てました。

「理由なんぞ云わないでもいい、当人には分っている筈だ、主人がお前を嫌っているから出て行ってくれと云ったらいい、顔を見るだけでも胸糞が悪い」

「じゃあ、仕方がないからその通りに云って出て行って貰うわ」

「あの女、少し頭がおかしいんじゃないかね、あんたはそうは思わないかね」

「そうね、今の話の通りだと少しへんね」

「己が怒れば怒るほど、妙に取り済ましてネチネチ粘り着くような口の利き方をしやがるんで、こっちは一層癪《しゃく》に触る。今に彼奴は気狂いになるんじゃないかな、そう云う素質があるような気がする」

結局磊吉の主張が通って、小夜はその夜のうちに大急ぎで荷物を纏《まと》め、明くる朝早速何処かへ消えてなくなりました。

磊吉はその当座胸の痞《つかえ》が下ったようで、好い気持でした。小夜が突然何処へ消えてなくなったのか、恐らく讃子が夫に内証で身の振り方を考えてやったのであろうと、想像してはいましたけれども、当分そのことには触れないようにしていました。そして小夜の代りに、京都から呼び寄せられて来ましたのが節でした。

節は鹿児島県の泊の生れで、初の勧誘に応じて出て来た女の一人でした。下鴨の家へ住み込みましたのは、小夜と殆ど同時で、三四日ぐらい後だったかも知れません。三つになる亡夫の遺児を姑に預けて来ましたので、二十四歳と云っていましたが、最初に見ました時の感じではさして美しいと云う程でもなく、普通の器量のようでした。節と小夜とが下鴨の家の同じ屋根の下に暮らしていました期間は、それほど長くはなかったでしょう。三月中は一緒に暮らしていた筈ですが、四月になりますと、小夜は仲田の方へ留守番に来ましたから、二人は別れ別れになりました。そして今度、小夜が追い出されてしまった後へ節が招かれて来た訳でした。

「小夜はあれからどうしたんだね、まさか下鴨に戻っているんじゃないだろうね」

磊吉も多少気になりますので、讃子に尋ねたことがありました。

「小夜は東京に行ってますの」

「へえ、東京の何処に？」

「私の女学校時代のお友達の原田と云う人、――もと田辺と云っていた、――あの人、あなたも知ってるでしょう」

「ああ、あの人の所にいるのか」

「そうじゃないのよ、あの人の世話で、あの人のお友達の蒲生《がもう》さんと云う人の家に住み込んでるのよ」

讃子の話では、こちらのお宅からお暇が出ましたら、京都へ帰りましても頼る所はございません、私は天地に住む家のない一人ぼっちの人間でございます、今夜から橋の下にでも野宿するより外はございませんと小夜は云う、と云って、このまま置いておく訳にも行かないし、どうしたらいいか処置に困った。でも昨今は女中払底で、何処の家庭でも人を求めている折だから、誰か拾い手がないことはなかろう、と、そう考えて、思いついたのが原田夫人である。そうだ、あの人なら世話好きでもあり、顔も広いからきっと見つけてくれるであろう、私の所にこれこれの女中がいるんだけれど、内の主人と性が合わない、あんな女は即座に追っ払ってくれと云われて当惑している、別にどこと云って取り立てて欠点があるのではなく、いくらか性質に変ったところはあるけれども、することは真面目で、この間の火事の時なんぞ一生懸命荷物を担ぎ出してくれたので、感謝しているくらいである、と、そう云うと、引き受けるからその女中をお寄越しなさい、口は直ぐに見つかるから、二三日は私の所に泊めておいてもよろしいと云われた。それであの朝青山の原田夫人の所へ差向けると、いい塩梅《あんばい》にその日のうちに口が見つかって、原田方へは一晩《ひとばん》も厄介にならずに、原田夫人が懇意にしている大森の蒲生家に奉公することになった、と云うのでした。

磊吉は妻の同窓である原田夫人とは相当親しくしていますけれども、蒲生家とは全く交際がありませんので、委《くわ》しいことは知りません。蒲生家の主人と云う人は貿易商で、今アメリカに滞在しており、ここ一二年は帰朝しない、奥さんがまだ学校へ通学中の子供二人とも、大森の家に留守を預かって暮らしているのだと云うことを、讃子は云っていましたけれど、讃子も原田夫人から又聞きに聞いているだけでした。そんな次第で、その後の小夜の勤めぶりについては一向聞かされていませんでしたし、又聞こうともしませんでした。すると或る時、磊吉は電車の中で原田夫人に行き遇ったことがありましたが、

「そう云えば一遍あなたにお話しようと思ってたことがあるんです」

と、夫人は磊吉の隣りの席へ移って来まして、耳の端へ口を寄せて云うのでした。

「あの、いつかのあの女中ね、小夜さんとか云った、――」

「ええ、ええ、あれが？」

「あの女中、あなたがお嫌いになったのも尤もなところがあるような気がしますわ」

「何か又変なことをやらかしたんですか」

「別に何も、蒲生家へ行ってから不都合なことがあった訳ではないんですけれど、――」

「ふん？」

「いつでしたか、お宅の奥さんから話があって、私があの人を蒲生さんの所へ連れて行ったことがありましたね。あの時、私はあの人と一緒に青山から地下鉄で新橋に出て、それから電車で大森に行きました。その電車の中でなんですが、………」

「ふん、ふん」

「私はあの人と初対面で、会うのはその時が始めてです。だのに、いかにも馴れ馴れしく体を擦りつけて来て、小声で囁くように云うんですの、『奥さんはこのお歌を御存じでいらっしゃいますか』って云って、『かゝる世にあふこそ憂けれよき時に我がちゝはゝは失せたまひけり』って、すらすらとひと息に云うんです」

「ふん」

「さあ、それは誰の歌ですかって、私はあなたのその歌を知らなかったもんですから、そう云いますと、これは千倉先生のお歌でございますよって云って、又繰り返して『かゝる世にあふこそ憂けれよき時に――』と、少し抑揚をつけて云うんです」

磊吉が不思議に思いましたのは、成る程その歌は、嘗て自分が詠んだものには違いない、しかしそれは戦争中、今から四五年も前のもので、歌にしろうとである磊吉は、それを人目につくような形で発表したことはありません、戦争中の出来事を記した雑文の中に、必要があって引用したことはあるかも知れませんが、小夜はいつの間にそんなものを読んでいたのでしょうか。

「そんな歌をあの女が知っていたんですか」

「まだその外にも、あなたについていろんなことを、いろんな下らないゴシップみたいなものを読んだり聞いたりしてるらしいんです。私は熱心な千倉先生のファンでございまして、前から先生を尊敬していたのでございますよ、なんて云って、あの奥さんは先生と結婚なさいましてから何年におなりになるでしょうかとか、お妹さんの鳰子様の御夫婦仲は御円満でいらっしゃるのでしょうかとか、睦子お嬢さんは連れ子でいらっしゃるそうですねとか、お宅の家庭の内幕に興味を持っているらしくって、しきりに何かを聞き出そうとするんです。私はいい加減にあしらって相手になりませんでしたが、それであなたがあの女をお嫌いになる理由が分ったと思いました」

「へえ、そんなことがあったんですか。僕の所にいた時分にはそれほど極端ではありませんでしたが、そう云う風になる傾向は見えてましたな。いかにもあの女の云いそうなことですよ。これから先、あなたに御迷惑をかけるようなことがなければいいが」

磊吉は原田夫人とそう話し合って別れたのでしたが、幸い小夜は無事に大森で勤めているらしくて、その後は何も噂を聞いたことはありませんでした。

と、七月の下旬、磊吉夫婦が箱根のホテルに十日程の予定で滞在している時でした。夕方食堂で食事していますと、熱海から電話と云うので讃子が出ましたが、

「困ったわね、節が急にお暇をくれと云うんだって」

と、テーブルに戻って来て云うのでした。

「何だってそんなことを云い出したんだ」

「国の母親が病気になったから至急に帰らしてくれと、――」

「節が電話口に出ているのか」

「電話には梅が出ているんです。母親と云うのは子供を預かっている姑のことらしいんですが、母が病気では子供の世話も出来ないだろうから、直ぐに帰ってやらなければならないと云ってるそうです。直ぐと云われても、私たちが帰るまで待って貰いたい、予定を二

三日早めて帰るからと云ったんですが、心配だから待っていられない、今夜の夜行で立たしてくれと云ってるんだって」

「当人が電話へ出たらいいじゃないか」

「あんまり勝手過ぎるから、自分からは云いにくいと云っているそうです」

磊吉は、小夜は虫が好きませんでしたが、節は何となく好きでした。どうして好きになったのか、自分でもはっきりしないのですが、文字を書かせますとまことに達筆で、小学校を卒業しただけの、田舎育ちの女の筆蹟とは思えない知的な閃きが見えますところに、感心させられたのが最初でした。と云って、彼女と手紙の遣り取りをしたことはありませんけれども、封筒の上書きや紙片などの捨ててあるのを眼にしまして、この女がこんな巧者な字を書くとはと、驚いたことがたびたびありました。これだけの字が書けるのだったら、頭脳も秀抜であるに違いないと、すっかり惚れ込んでいたのでしたが、そう思って見ますと、別に美人とも思っていなかった顔立ちまでがキビキビとして、さも利口そうに見えて来たのでした。

「そんなに急なことを云ったって、今月の給金も渡してやらなきゃならないし、せめて帰りの汽車賃ぐらいは餞別代りに持たして帰したいし、――」

「そう云ったんですけれども、自分の勝手で帰るんだから旅費を戴く訳には参りません、今月分のお給金は後から送って戴けば結構でございますって、――」

「そうかい、それではどうも仕方がない、節はほんとに惜しい女だと思ってるんだが、お母さんの病気が直ったら是非帰って来てくれるように、――いや、己が直接電話に出よう、節を呼び出して別れの挨拶ぐらいはしよう」

何時の汽車で立つつもりか、母の病状はどんな工合か、荷物は全部持って帰るのか、後から鉄道便で送って上げようか、などと、磊吉は気を揉んで尋ねましたが、電話口での節の言葉は妙に曖昧で、いつものテキパキした物云いに似ず、小声で、もぐもぐと口籠るように云って、逃げるように電話口から遠ざかって行きました。

「どうもおかしいね、いつもの節のようでもない、何を云っているのだか聞き取れないよ」

「親の病気で、慌ててウロウロしてるんでしょうよ」

と、讃子が云いました。

讃子は翌朝、念のため梅を呼び出しまして、

「節は昨夜あれから立って行ったかね」

と聞きますと、梅は暫く躊躇《ちゅうちょ》してから云うのでした。

「先生にも奥さんにも本当に申し訳がございませんが、節さんは立ったことは立ちましたけれども、鹿児島へ立ったのではございません、東京へ行ったらしゅうございます」

## 第九回

「東京の何処へ?」

「はっきりしたことは分らないのでございますが、小夜さんの所へ行ったんじゃないかと存じます」

「小夜の所?」

磊吉が追及しますと、梅はいよいよ返答に困ったらしく云うのでした。

その日のうちに夫婦は箱根を引き揚げて熱海へ帰って来ましたが、梅の話だと、節と小夜とは大変ウマが合って仲好しになっていたらしい、二人が下鴨で一緒に暮らしていた期間はそう長くないので、そんなに親しくなる筈はないのだが、京都と熱海とに別れ別れになってからも、始終手紙の遣り取りをしていた、小夜が追い出されてから熱海へ呼び寄せられた節は、「小夜さんが可哀そうだ」と、いつもそう云って小夜に同情していた、小夜を気の毒に思うのはいいが、同情の余り磊吉の仕打ちを残酷だと云って批難していた、「これと云う不都合があった訳でもないのに、虫が好かないなんて理由で追い出すなんて、乱暴じゃないの。小夜さんは実に好い人だわ、正直で思い遣りがあって、あんな好い人はないと思うわ。先生の方がよっぽど無茶で分らず屋だわ」などと云ったり、「あたし先生に面と向ってそう云ってやるわ、先生の方こそそんな態度をお改めなさいって、堂々と攻撃してやるわ。小説家の癖に何て理解がないんだろう」などと、あのおとなしい節が、まるで別人のような過激な語気で云ったりした、と云うのでした。

「へーえ、節がそんなことを?」

「小夜さんの弁護をする時に限って、えらい剣幕でございました」

そう云われても、磊吉はそんなことを云う節の顔つきを想像することが出来ませんでした。

「そうすると、今度のことは小夜が焚きつけて、自分の方へ節を引っ張り寄せたって訳なのね」

「そうだよ、そうに違いないよ」

くやしがり屋の磊吉は、忌ま忌ましそうに云いました。

それっきり夫婦のところへは何の便りもありませんでしたが、四五日しますと、梅のところへ例の見事な筆蹟で一通の手紙が投げ込まれました。

この間の晩はお手数をかけてすみませんでした。蒲生さんのお宅で私を使って下さるそうですから、こちらで御厄介になるつもりです。好きで好きでたまらない小夜さんと一つ家で暮らせるようになったのを喜んでいます。ほんとに私はこの上もなく幸福です。いつまでもいつまでもこの幸福が続くように。——

御面倒ですが、私の荷物郵便物等は表記の通り蒲生様方へ送って下さい。

磊吉と讃子はまんまと一杯喰わされた上に節までも浚《さら》って行かれて、御念の入った復讐をされた訳ですが、事件は単にそれだけではなく、まだこの先があったのです。

「ほんとに私はこの上もなく幸福です。いつまでもいつまでもこの幸福が続くように」と云う節の希望は、思い通りには行きませんでした。と云いますのは、それから二三箇月経った時分の或る日、原田夫人から電話がありまして、

「あの二人は飛んでもない関係だったんですね」

と、呆れた口調で云って来たことがありました。

「飛んでもない関係？」

「あの人達は同性愛だったんですよ」

「いつからそうなったのかしら？　私の所にいた時分にはそんな様子はなかったと思うんだけれど」

「だとすると、大森へ来てからのことかも知れない。偶然の機会に私がそれを見つけちゃ

ったのよ」

電話では話が出来ないからと、夫人は面白半分の興味も手伝って、その晩わざわざ熱海まで出向いて来て、いきさつを話してくれました。夫人が云いますには、自分は蒲生夫人にはそんなにたびたび会う用はないのだけれど、あの家の近所に始終用事があるので、ついでに訪問することが、今までにも数回あった。

蒲生夫人は外出がちで、訪ねても不在のことが多く、三度に一度ぐらいはあの二人の女中が「奥さんはお留守でございます」と云って玄関に出て来た、何度もそんな目に遭ったので、自分は実はその時分からあの人たちを少し変だと思っていた、なぜと云って、二人は必ず二人で一緒に玄関に出て来る、どっちか一人で出て来たことはめったにない、ベルを押すと、入口のドーアを開けるまでに思いの外時間がかかる、或る時ベルが毀《こわ》れていたので、無理に押したらドーアが開いた、這入って行って案内を乞うたら、節が慌てて二階の階段を駆け下りて来、つ

らづいて小夜も下りて来た、その素振りが、主人の留守を幸いに、二人で二階の何処かしに上り込んで、何事かをしていたらしく想像された。そんなことがあってから、自分は好奇心も加わって、あの近所へ行くたびに蒲生家へ立ち寄るようにしていた。そうしたら昨日、こんなことがあった。例に依ってあの家のベルを押して見ると、ベルが鳴らない、五分間ぐらい根気よく押して見たが鳴らない、そうっとドーアを押して見たがドーアも開かない、こちらにちょっと考えがあったので、なるべく音を立てないように用心しながら勝手口へ廻って見た、すると台所の戸が開いた、構わず中へ上って行ったが、階下には誰もいない、足音を忍ばせて二階へ上って行ったところ、主人夫婦の寝室とおぼしい部屋が階段を上った取ッつきにあって、主人夫婦のものらしいダブル・ベッドに、図《はか》らずも凄じい恰好でのたうっているものの姿を見てしまった。それは何とも口に出来ない、浅ましいと云ったらいいか、気狂い沙汰と云ったらいいか、名状し難いものだったので、御推量に委せるより外はない。あまりのことに自分が仰天して階段を下りかけると、二人ともハッと気がついて、驚いて跳ね起きて、腰の周りを隠そうとしたけれども、二人とも素っ裸なので、直ぐには隠せない。咄嗟に布団を頭から引っ被《かぶ》ってしまったが、布団がめくれて四本の足がニョッキリと飛び出て踠《もが》いていた。こっちも慌てて勝手口から飛んで出てしまったので、あとはどうなったか知らない。自分はあんな奇態な恰好を見たことがないので、いつまでも胸がドキドキしていた。——と、そう云うのでした。

「いったいそれは、昨日の何時頃のことなの？」

「午後の二時頃、真っ昼間の出来事よ」

「蒲生夫人には会わなかったのね」

「夫人は二人のああ云う関係に気がついているのかどうか、いずれ聞いて見ようとは思ってたんだけれど、昨日はあたし恐くなって夢中で逃げ出しちゃったのよ。同性愛って凄いものね」

「何とか早く夫人に注意して上げた方がいいじゃないの」

「あの剣幕じゃ、あとでどんなに恨むかも知れないと思ったけれど、どうせ私に見られたことは分ってるんだから、恨まれるのを覚悟の上で今朝夫人に話してやったわ」

「電話で話したの？」

「電話って訳にも行かないし、此方へ呼んで話そうかとも思ったけれど、あの二人に留守をさせたら又何をするか分らないから、私の方から大森へ出かけて行った。するとあの女が、あの小夜と云う女の方が、今日は一人で玄関に現れて、『まあ、昨日《さくじつ》はまことに失礼申し上げました、今日はおいでございます』って、しゃあしゃあとしたものなのよ」

「恐い眼をしてあなたを睨みつけはしなかった？」

「いつもの通り馬鹿丁寧な猫撫で声で、『奥様、原田さんの奥さんがお見えになりました』って、まるで何事もなかったように、しらじらしいったらないのよ」

原田夫人は、「ここでは話が出来ないから二階へ上らして下さらない」と、そう云って昨日の寝室へ通して貰った。そして目撃した一部始終を、相当に委《くわ》しく、ありのままに告げた。蒲生夫人の驚きは予想以上で、

「そんなことがあったんなら、なぜ昨夜のうちに知らして下さらなかったのよ！　こんな汚らしいベッドに、あたし昨夜も寝ちまったじゃないの！」

「済みません、済みません、私もあんまりびっくりさせられて、度を失ってたもんだから」

二人の夫人はその穢《けが》らわしいベッドの傍の椅子に腰掛けて、それから二時間余りと云うもの、階下の動静に気を配りながら、どう云う風に処置したらいいか密談に耽ったと云います。蒲生夫人も、二人の様子に全然心づかなかった訳ではない、いつであったか、二人が台所でキスしていたらしいのを、チラと見かけたことがあるので、同性愛じゃないかしら、と思わないではなかった。そんな関係の女中なんかを雇って置くのは気味が悪いから、折があったら暇を出そうとは思っていたけれども、代りの人が容易に見つかりそうもないので、いやだいやだと思いながら使っていた、と云うのでした。

蒲生夫人の観察するところでは、どうやら節が男性の役廻りで、小夜が女性の役らしく見えた、節は体つきがゴツゴツして骨っぽい感じがしたが、小夜は身のこなし、物の云い方がデレデレして締りがなく、ホルモン不足の異常体質らしく肌や手足がカサカサしていた

ので、そんな風に思えたと云います。けれどもまあ、仕事さえ真面目にして働いてくれるなら、当分このままで我慢をしよう、二人の間柄だけのことで、他人に迷惑の及ばないことなら、見て見ないふりをしていよう、と思っていた、同性愛的交際と云っても、まさかそんな穢わしい方法で肉体的に結びついていようとは、そんな程度にまで発展していようとは、想像もしていなかった、と云うのでした。以下、原田夫人と蒲生夫人との間に、次のような会話が交されたものと考えて下さい。

「あたしは小夜を雇い入れる時にも、一応千倉さんに断るのが順序かと思ったんだけれど、あなたがそれには及ばないと仰っしゃるし、千倉さんの御機嫌を損ねてお払い箱になった女だから、それもそうかと思っていた。だが節の場合は少し事情が違うんだから、あれを無断で雇ったのは手落ちだったかも知れないわね」

「そう云われると私にも責任があるけれど、でもそんなこと、今更どうだっていいじゃないの、どっちにしたって千倉家の方じゃもう何とも思っちゃいないんだから。それよりどうなさるおつもり？　あの二人の始末を？」

「あなた、手を貸して頂戴よ、それより先にこれをどうにかしなくっちゃ、――――」

そう云って蒲生夫人は、窓から首を出してペッペッと唾を吐いて、ベッドの掛け布団をさも不潔そうに指の先で摘《つま》み上げて、庭へ放り出しました。

「よう原田さん、ほんとにあなたにも責任があるわよ、あたしがこのベッドの此方を持つから、あなた其方を持って頂戴よ」

「これをどうしようって云うの？」

「庭へ捨てるのよ、こんなもの」

クションだの、シーツだの、マトレスだの、いろいろなものが二階から外の芝生へ降って来ました。

「直ぐに植木屋の爺やを呼んで、頭から石油を打《ぶ》っかけて焼いて貰うわ」

「そんなに興奮しないでよ、火事になったら大変じゃないの」

「眼の前で焼いてしまわないと気持が悪い」

「そんなら何処かの五味捨て場へ持って行かせなさいよ」

「この寝台も古道具屋に払い下げる、是非今日のうちに持ってって貰う」

「代りの寝台が間に合やしないわよ」

「下の日本間で子供たちと一緒に寝る」

などと云う騒ぎがありましてから、いよいよ同性愛の二人に引導を渡す段になりました。

「責任がある」と云われた原田夫人が先に立って階段を下りて行きました。女中部屋を覗きますと、小夜も節も手廻しよく先廻りをして鞄や行李を綺麗に纏めて、落ち着き払って坐っていました。

「はい、これは今月分のお給金だそうです」

そう云って原田夫人が、蒲生夫人の手からふた包みの金封包を受け取って、一人々々に別々に渡しました。

「分ってるわね」

「はい」

「自動車を呼んで上げましょうか」

そう云ったのは蒲生夫人でした。

「あの、まことに勝手がましゅうございますが、大きな荷物がございますので、表門から出さして戴きましてもよろしゅうございましょうか」

と、小夜が云いました。

「どうぞ御遠慮なく」

「ロクにお役にも立ちませんでしたのに、却ていろいろ御厄介になりまして、まことに失礼申し上げました。蒲生さんの奥様も原田さんの奥様もお体をお大切に遊ばして、……………」

節はさすがに一言も云わず、小夜の後から極まり悪そうに小さくなって出て行きました。

自動車が行ってしまいますと、蒲生夫人は早速家政婦会へ電話をかけて、家政婦を一人至急に寄越してくれるように頼みました。そしてこの事件は、蒲生家に関する限りこれでカタがつきました。

追い出された二人は、その晩何処で夜を明かしたことでしょうか。多分何処かの安宿にでも泊ったことでしょうが、そんな風にして幾日も過せるものではありません。かと云って、そう云う二人を一緒に雇ってくれるような、そんな都合のいい家庭が見つかる筈もありません。幾日かの後、節は仕方なしに故郷の鹿児島へ帰って行ったそうですが、定めし東京を立つ時には泣きの涙で小夜と別れたことでしょう。「まあいい、節は相手が悪かったのだ。あの女の手を離れさえすれば、節のためにはそれが結局幸福なんだ。同性愛なんか直きに忘れることが出来るさ」と、千倉一家の人々も話を聞いて安心し、喜びもしたことでしたが、その後彼女が良縁を求めて再婚し、その人との間に子供も生れたと云うことを磊吉たちが耳にしましたのは、今から二三年前のことでした。

小夜は又しても熱海へ戻って来まして、何処かの寮の寮母をしながら皮膚病の治療をしていると云う噂でしたが、磊吉たちはあれきり彼女に行き遇ったことはありませんでした。が、どう云うつもりか、蒲生夫人のところへは折々手紙を寄越したり、沢庵を送って来たりしたそうです。そうするうちに、或る日突然、彼女の故郷の徳島から夫人に宛てて小包が来ました。何かと思って夫人が開けて見ましたら、石炭殻でも摑

んだような真っ黒な手袋の片方やら、すき焼鍋の古いのやら、ガラクタが沢山出て来ました。やがて追いかけて来た葉書に、「神様がこれを返せと仰っしゃいますから、お返し申します」と書いてあったと云うことです。

## 第十回

駒は出入りの呉服屋の世話で奉公に来ましたので、この娘だけは田舎育ちでなく、京都生れの女でした。面長な顔で、頤《あご》がしゃくれていましたので、自分で自分のことを「花王石鹼」と呼び、花王石鹼提供のテレビの番組がありますと、「私のところの番組よ」と云っていました。彼女に奇態な癖があることは前に述べましたが、あのディズニーの「沙漠は生きている」と云う映画、あれを、睦子と二人で熱海の映画館に見に行った折にもおかしなことがありました。二人は別々に離れた席で

見ていましたが、画面に一匹の巨大な百足《むかで》のような動物が映し出された時、場内にゲーッと嘔吐する声が響き渡って誰かが慌てて口を押えて便所へ走って行きましたので、「駒じゃないかな」と、睦子が気がついて振り返って見ますと、果してそうでした。それは何と云う動物であったか、長さ一メートルくらいの感じの爬虫類《はちゅうるい》だったそうですが、そんな大きなものでなくても、鼠が台所をチョロチョロしていても、天井に小さな虫ケラが匐《は》っていても、直ぐゲーッとなりました。千倉家の夫婦は猫好きで、日本猫やペルシャ猫やシャム猫を代る代る飼っていましたので、猫の糞の始末をするのが女中たちのひと仕事でしたが、駒はなるべくその役に当らないようにしていました。それでも運悪く、遅番《おそばん》の時などに打つかりますと、夜中台所でゲーッ、ゲーッと吐《もど》している声が聞えました。

そのくらいはまだいいのですが、食事の時に自分の嫌いなものが膳の上に並べてあったり、他人がそれを食べていたりするのを見ると、ゲーッとなりました。彼女はフレンチトーストが嫌いでしたが、反対に銀はフレンチトーストが大好きでした。銀が食べて

いるのを見ますと、

「あんた、よくそんなものを食べる気になるわね」

そう云って便所へ逃げて行きました。

後にはそうでもなくなりましたが、奉公に来ました当座は、牛肉に触ることが出来ませんでした。どうしても自分が肉を切らされる番になりますと、タオルで猿轡《さるぐつわ》を嵌めたように口と鼻を蔽ったり、狂犬が嵌めるような道具を口に嵌めたりしまして、片手に一番長い肉切庖丁を持ち、片手にこれも長い長い菜箸《さいばし》を持って遠くの方から肉を押え、まるで敵討ちにでも出かけるような仰山な扮装をしますので、讃子は何事が始まったのかと、たびたびびっくりさせられました。糠味噌《ぬかみそ》に手を突っ込むのも嫌いでした。手を使わずに、杓文字《しゃもじ》や菜箸でざっと交ぜておくだけなので、彼女にやらせますと、茄子などが黄色に漬かってしまいました。

「あんたが漬けると、糠味噌が腐って仕様がない」

と、讃子や鳰子にいつも叱言を云われていました。

その外にも、駒はさまざまな奇癖に富んでいましたので、突飛なエピソードが沢山あります。

ひところの週刊雑誌に、人工授精の問題が喧《やかま》しく取り扱われて騒がれたことがありました。ちょうど磊吉が高血圧症で臥ていまして、看護婦が附き添っていた時でしたが、或る晩駒はその看護婦と風呂に入りながら、

「男性の精液は何処の薬局へ行ったら売っているんでしょう」

と、真顔で質問したとやらで、大笑いになりました。

凡そ性的なことに関しては驚くほど無知でした。犬の交合するのを見て、小さい犬がいじめられているのだと思い、

「可哀そうだから、あの犬助けてやりましょうよ」

などと云ったりしましたが、理由を教えて貰ってからは急にそれに好奇心を抱き、犬が番《つが》っていると聞きますと何処へでも見物に行きました。そんな風でしたから、赤ん坊はお腹から生れ出るものと、最近まで思い込んでいましたのも不思議ではありません。男と女がキスすれば子が出来るものと信じていたり、牡鶏《おんどり》も卵を産むものと思っていた時代もありました。讃子は初めのうち、カマトトで云うのかしらと思っていましたが、実は大真面目だったのでした。すべてがそう云う工合でしたから、彼女の結婚は大変おくれて、あとか

ら来た女中たちにどんどん先を越されてしまい、二十歳で奉公に来まして、三十二歳で漸く良縁にありつくまで、十年以上も千倉家に勤めていました。

いよいよお嫁に行くことに決りました時、讃子が最初の夜のことを心配しまして、北斎だか豊国だかの秘蔵の一巻を取り出して、そっと開けて見せましたところ、途端に彼女は、

「キャーッ」

と叫んで、立っている讃子の膝にしがみついてガタガタ揺《ゆ》すぶりましたので、讃子はよろけて倒れそうになりました。駒は顔を真っ赤にしまして、

「何だか私、気が変になりましたわ」

と、云ったかと思うと、暫く熱心に息を凝らして、つくづくと視詰《みつ》めた末に、

「でも私、こんなのを見るのは好きでございますわ」

と、云いました。普通は心に思っても口に出しては云えないものですが、駒は腹にあることを蔵《しま》っておけない性分でした。

或る時、俄かに腹痛を訴えまして、

「奥様、先生を呼んで下さいまし、私赤痢らしゅうございます」

と、云ったことがあります。

「何か悪いものでも食べた？」

「お腹が馬鹿に痛むんです。今便所へ行きましたら、大便に血が交っているんです。赤痢

に違いありません」

そう云って苦しがりましたが、医者が来て見ますと、胃痙攣と月経とが重なり合っただけのことでした。さんざん人を騒がせておきながら、そうと分るとケロリとして、

「月のものでございましたわ」

と、涼しい顔で済ましていました。

そんな時には畳を滅茶苦茶に搔き挘《むし》って、彼女は胃痙攣をよく起しました。

「おかあちゃん、助けてエ!」

と、大声を上げました。

幼い時に「二階から飛び下りて死んでやる」と云ったことがあります。大人たちが誰も本気にせず、取り合わないでいましたら、ほんとに二階から飛び下りたのでみんな胆を潰しました。「私は死ぬのは平気だ」と、いつもそう云っていまして、

「もしも死にたい人があって、自分は死にたいのだけれども自殺するのが恐いから止める、と云うのだったら、私が簡単に殺して上げる、当人が死にたがっているのなら、そうしてやるのが親切じゃないの」と云っていました。それが、彼女の場合は冗談でなく実行しかねませんでした。睦子が神経衰弱になって、「死んで

しまいたい」と云っていたことがありましたが、それを聞いて彼女が、「お嬢ちゃん、そんなにお死にになりたいのなら、私いつでも分らないように殺して上げます」と云いましたので、睦子はその当座薄気味悪がっていました。

こうと思いつくと、夜中でも起きてやり始めると云う風でした。夜通しかかって台所をガサガサ云わせて片づけ物をすることがありますので、朋輩たちは眠れないで往生しました。編物なども、睦子に編方を教えて貰って、やり出すと徹夜して仕上げました。睦子が結婚して、やがて生れて来る子供のためにいろいろなものを編んでいますと、駒もその傍で何かをしきりに編んでいました。そして、自分はまだ結婚の相手も見つからないうちに、赤ん坊の帽子だのケープだの靴下だのが一杯出来上っていました。

奉公に来る前、彼女は私立手藝高等女学校の師範科に籍を置いて、そこの演劇部に属していました。戦争の最中でしたので、実際には何も勉強しなかったそうですが、卒業後は四条の藤井大丸に勤め、そこでも演劇部員になって、他の百貨店と対抗するために可なり標準語の練習を励んだと云います。そのせいか、人の声色を使ったり、真似をしたりすることが頗《すこぶ》る上手でした。磊吉が仲田の別荘を引き払って伊豆山の鳴沢の、興亜観音へ通う山の中腹の山荘に移りましてからの或る晩、駒が睦子と二人で留守番をしておりま

すと、外で怪しい物音がしまして、人の話声らしいものが聞えます。睦子が恐がって、「誰かいるんじゃないかしら」と云いますと、駒は玄関脇の窓の障子を細目に開けて、わざと戸外へ聞えるように五六人の男や女の声色をちゃんぽんに使って出鱈目な会話を始めました。それが一人々々全く違った奇声で、当意即妙にいろいろな話題を考え出してしゃべるのでしたが、その使い分けの巧いことと云ったらありません。声を変えるには鼻を摘まんだり喉《のど》の皮を引っ張ったり、あらゆる技巧を弄します。或る時は甲《かん》高い女の声で電話をかけたり、廊下を五六人がけたたましく走る足音をさせたり、今度は反対にソロソロと歩く音にしたり、戸外の泥坊を欺すと云うよりも、そのこと自身が面白くて溜らないで演じるのでした。

一番得意なのはゴリラの真似でした。磊吉や讃子の前では極まりを悪がって、いくら頼んでもその藝当を見せたことはありませんでしたが、睦子や朋輩の女中たちや近所の子供たちの前では、しばしば図に乗って御披露に及びました。あまり真に迫った物凄い形相《ぎょうそう》をしますので、子供たちの中には恐がって泣き出す者もいました。彼女の口腔は特別に出来ていまして、林檎を一箇スッポリと頬張れるくらいの大きさがありました。それで相好を自由自在に変化させることが出来るのでしたが、ゴリラの真似をしますには、先ず上唇と下顎の歯齦《はぐき》との間に舌を全部押し込んでしまい、上唇を出来るだけ下に引き下げます。次に往年のアメリカの喜劇俳優ベン・ターピンがしたように、眼をロンドン・パリにします。

次に両腕を左右にひろげてぶらりとさせ、両手の指を一杯に開いて指先を曲げます。次に股の間に襁褓《おしめ》のようなものを挟んで膝を曲げ、ガニ股の恰好をするのだと云います。彼女は又フラダンスが上手でした。熱海にはもう一人、和可奈と云う料理屋の主人でフラダンスの名人がいまして、この方は磊吉夫婦も宴会の余興に二三度見せて貰ったことがありましたが、噂に依りますと、駒のフラダンスは和可奈の主人以上だと云う評判でした。どうかして一度テレビに出演させて貰って、自分の姿が映るところを見てみたいと云うのが、彼女のかねてからの念願でした。その時分、日本テレビに「おしゃれ教室」と云う種目がありました。美容師の名和好子と云う婦人が希望者の中から適当な女性を選び出して、その人に似合う髪形《かみかたち》をさせて登場させる、と云うものでした。幸い讃子は名和好子と神戸大丸の美容室時代から懇意な間柄でしたから、讃子を通して採用してくれるように頼んだことがありましたが、残念ながら抽選に洩れたらしく、彼女の希望は達せられないでしまいました。又その時分、フジテレビに徳川夢声が司会を勤める「テレビ結婚式」と云う種目がありました。駒は自分の結婚の時は是非あれに出して貰いたい、うちの先生は夢声先生を御存知の筈だから、先生からお願いして戴けないかしら、などとも云っていましたが、これも到底実現出来そうもないことなので、磊吉は相手にしませんでした。すると、銀座の松坂屋で、エスカレーターを昇って行くと、その昇って行く人の姿がその場でテレビに映し出されるような装置がしてありました。多分テレビの宣伝のための装置だったの

でしょうが、駒は自分の姿が眼の前のテレビに映るのを嬉しがって、何度も何度もエスカレーターを昇って行っては繰り返して見ていました。

念の入った寝言を云う癖もありました。寝言で犬を叱ったり、夢の中でダンスをしていたと云ったりしました。遅番で、夜が更けてから風呂に這入りますと、湯槽に漬かりながら居睡りをしてしまったり、舟を漕ぎながら顔を湯の中に突っ込んで、びっくりして眼を覚ましたりしました。乗り物の中に傘だのハンドバッグだのを忘れる癖もありました。「台所用の傘は大概駒さんがバスに忘れてなくしてしまう」と、女中たちの定評になっていました。

洋画のファンで、欧米の俳優たちの名前は実に委《くわ》しく知っていました。西部劇の俳優のベン・ジョンソン、あれが贔屓《ひいき》でクリスマスカードを送ったり、宛名を睦子に書いて貰って、日本語でファンレターを送ったり、ジョンソンからブロマイド入りの返事が来たのを飾っていたりしたこともあります。

駒の父と云う人も、昔風で、頑固で、義理堅くて、一風変ったところのある人でした。今の美大の前身である京都の美術専門学校図案科の出身で、スカーフ、ネクタイ、風呂敷などの図案を、染物屋の注文に応じて描くのが職業で、そんなに暮らしに困る程でもないのでしたが、お人好しで、借金を申し込まれると断りきれないたちでしたので、いつも他人の負債を背負って貧乏していました。この人が自分の娘を千倉家へ奉公に出します時に、駒に云い聞かせた条件と云うのがふるっています。どんなに辛いことがあっても磊吉先生御夫婦に忠実に仕えなければならぬ、勝手に逃げて帰ったりしたら家には入れない、琵琶湖へ身を投げて死んでしまえ、と云うのでした。そしてときどき娘に宛てて寄越します手紙には、必ず二重丸の圏点の下に「火の用心、戸締、交通事故に注意せい」と書いてありまして、御丁寧に赤い傍線が引いてありました。そのくらいですから、たまに娘が主人から暇を貰って帰って来ましても、約束の刻限が来ますとどしどし追い立ててしまいました。

或る時駒が受け取った手紙の端に、

「お邸には犬が沢山飼ってあるだろう、犬は自分のして貰いたいと思うことを言葉に出して云うことが出来ないのだから、そこを察して親切にしてやらなければいけない」

と、書いてあったことがあります。駒は仕事の忙しさに紛れて犬のことなんか忘れていましたが、そう云われますとハッと気がついて、父にも犬にも済まないことをしたと思い、うしろの山に逃げ込んだ二匹の犬を早速捜しに出かけました。この犬はスケさんにカクさんと云う名がついていましたが、折々興亜観

音の山の奥へ逃げ込むと、ダニを一杯体につけて戻って来るのが常でした。駒はこの二匹をようようのことで連れ帰って来まして、ダニを一つ一つ丹念に見つけ出して擦り潰すのに三時間かかったと云います。ためしにダニの数を勘定して見たら、なんと五千匹もいたそうです。彼女はポロポロ涙をこぼしながら、その五千匹のダニを石に擦りつけて潰して行きました。何でそんなに泣いたのかと云いますと、これほどダニが全身にたかるまで放って置いた自分の無情さが、我ながら腹が立って我慢がならなかったのと、犬が可哀そうで溜まらなかったからだと云います。

そう云う父の娘でしたから、駒が御同様に馬鹿正直で、お人好しだったことは云うまでもありません。彼女も朋輩の女中たちや出入りの若い衆たちに無心を申し込まれますと、無理な工面をしてまでも都合してやり、とうとうあの人に倒されちゃったと、よく後になって怒っていました。

## 第十一回

駒より三四年後に来ました鈴と云う娘を、ここでちょっと紹介しておくことにしましょう。鈴は矢張駒を世話してくれた呉服屋が連れて来たのでした。尤もこれは、千倉家が女中の

手に不足して周旋を依頼したのではありません。或る日その呉服屋が下鴨へ来まして、

「奥さん、奥さん、お宅様では唯今別に御不自由はおありにならないようですが、もう一人女中さんをお使いにならないでしょうか。実は私、大変器量の美しい児を知っているのでございますが、よそのお宅へお世話しますのは惜しい気がするんでございます。是非とも此方様《こちらさま》で使って戴きたいと存じまして」

と云うような話がありましたので、では兎も角もと、云うことになったのでした。


磊吉は当時のことを今もはっきりと覚えています。彼が始めて脳溢血の軽い発作に襲われて右半身が多少不自由になりまして、以来一二年の間と云うもの、寝たり起きたりしていましたのが、あれが二十七年の春から二十九年の秋へかけてのことでした。最初の発作は東京の旅館で起ったのですが、それから熱海へ運んで来られ、熱海でも気が変らないと云うので、冬の寒さを覚悟の上で京都へ戻って来ましたのが二十七年の十月頃。駅のホームから人に背負われて辛うじてブリッジを渡り、糺の森の我が家の門前で自動車を下りると、又左右から腕を取られて奥の座敷へ通されました時は、眩暈《めまい》のために坐っていることが

出来ない程でした。そしてそのまま用意の寝床に担ぎ込まれて、秋の深まる庭前の泉石《せんせき》や添水《そうず》の音を枕の上で見聞きしながら、佗びしい日々を送っていたのでしたが、そんな或る日に讃子が枕もとへ来まして、
「今度来る児はとても可愛い娘だそうですよ、津島恵子のような顔なんですって」
と、云いました。
千倉夫婦は、ことさら器量のすぐれた娘を女中に欲しがっていた訳ではありません。今までにしたって、そう特別に器量好しの女中が雇われていたのではありません。しかし讃子にそう云われますと、磊吉は陰鬱に滅入《めい》り込んでいた気分が解《ほぐ》れて、ぼうっと眼の前が明るくなったように感じたことは事実です。と云いますのも、いつになったら再び起き上って庭を歩いたり、糺の森に杖を曳いたり出来るようになるか、或はこれきり起き上れないでしまうのではないか、折角あこがれの京都へ帰って来ながら、八瀬、大原はおろか、祇園、河原町、嵯峨あたりへさえ行くことが出来ず、ひょっとすれば今年の冬を待たないで死んでしまうのかも知れない、そんな気がしていた矢先でしたから、そう云う器量の美しい娘が現れて朝夕身の廻りの世話をしてくれたら、それがいくらかは心の救いになるであろう、と、そう思ったからでした。断っておきますが、磊吉は何も津島恵子が贔屓だった訳ではありません、ただこの場合みめうるわしい若い娘でさえあってくれればよかったのでした。

大津から江若《こうじゃく》鉄道に乗って、浮御堂《うきみどう》のある堅田《かたた》の駅を過ぎますと、次に真野《まの》と云う駅があります。

式子内親王の歌に、

夜半に吹く浜風寒み真野の浦の
　入江の千鳥今ぞ鳴くなる

素暹《そせん》法師の歌に、

雲はらふ比良山かぜに月さえて
　氷かさぬる真野のうら波

などとありまして、古くから由緒のある湖畔の村ですが、鈴はその村の農家の娘でした。磊吉は真野へは行ったことはありませんが、あの近くの雄琴《おごと》温泉や比叡山の横川《よかわ》の麓の千《ち》野《の》あたりへは材料を漁りに出かけたことがありますので、大体の見当はついていました。そしてそう云う土地柄に何となく好感を抱いてもいました。彼女が連れて来られましたのは爽やかに晴れた日の午後で、臙脂《えんじ》色に黄とグリーンの立涌《たてわく》の模様のある銘仙の袷に、緑の地色に臙脂（彼女は臙脂が好きでした、又その色がよく似合いました）と黄と鼠の風車の模様のある羽織を着、お河童《かっぱ》の頭に兵児帯《へこおび》を締めていました。年は二十一だと云っていました。

その時分、目見えに来る娘たちと云ったら、いずれも粗末な洋服で、手製のセーターなどを着込んでいるのが普通でしたから、この銘仙の和服姿はまことに可憐で、眼を惹きました。彼女の父は生え抜きの江州人の百姓ですが、母は京都の商家の生れで、真野へ嫁いで来た当座は不馴れな畑仕事に苦労をしたと云いますから、そう云う母が器量好しの娘のために特別に身なりを整えてくれたのでしょう。彼女はその呉服屋のことを「児玉の小母《おば》さん」と呼んでいましたが、小母さんは彼女を伴って出町の終点で市電を下り、河合橋を渡って下鴨神社の参道の方へ案内して行く途中、何と思ったか、ふと橋の上で立ち止って、

「あんた、目見えに行くのに白粉《おしろい》つけてたらいかんえ」

と、自分の帯の間からコムパクトを取り出して、きれいに白粉を剝がさせました。ですから鈴は飾り気のない素顔のままで夫婦の前に現れた訳でした。

磊吉の病室は東から南へ鍵の手に廊下が廻らしてあり、欄干の外は池の向うに滝が落ちた

りしていまして、本来はカラリとした、明るい感じの筈なのですが、昔風に、わざと日光の直射を嫌って、野木瓜《むべ》の蔓を這わせた棚が軒先から池の方へ延びており、天気のいい日でも室内は薄暗くなっていました。鈴が讃子に導かれて挨拶に這入って来ました時、磊吉は枕に横顔をつけて、臥ながら柿の渋《しぶ》を飲んでいました。この渋は、河原町の丸太町を上ったところの西側に、今もある筈の老舗《しにせ》の「しぶや」と云う店で売っている渋でした。今度熱海から戻って来て間もなくのこと、血圧を下げるには生渋を飲むに限る、それにはあのしぶやの渋が一番いい、是非あれを飲んで御覧なさい、と云ってくれる人がありましたので、ためしに用いていたのでしたが、朝夕二回、猪口《ちょく》に一杯ずつ飲むように云われていました。あまり飲みいいものではありませんでしたから、生《き》なりで飲んだあと水を一杯飲むことにしていました。磊吉は後日鈴から聞いたのですが、彼女が病室へ通されて見ると、もうよぼよぼに老衰したお爺さんが寝床の上に身を横たえて、日あたりの悪い暗い座敷で苦い顔をして渋を飲んでいる、いかにも哀れで情なく見えた、自分はこれからこんなお爺さんを相手に暮らさなければならないのか、厄介なところへ奉公に来てしまったと、思ったそうです。磊吉は当時六十八歳、まして病中のことでもありましたから、老人に見えたのに不思議はありませんけれども、それにしましても実際以上に老《ふ》

けて見えたであろうことは推量に難くありません。その年の冬を越しまして翌年の三四月頃になりますと、運よく磊吉の健康は少しずつ回復して来まして、もう五月には糺の森どころではない、時には河原町あたりにまで散歩に出られるようになりましたが、そうなりますと眼に見えて色艶もよろしくなり、足腰もしっかりして来ましたので、なんだ、そんなにひどいお爺さんでもなかったのかと、急に見直すようになった、そうするうちに日増しに若くなって行って、しまいには五十台ぐらいに見えたこともあってびっくりした、と、鈴は云います。

池の土橋を渡った向う側に「合歓亭《ごうかんてい》」と名づけた離れ家がありました。磊吉はそこの一間《ひとま》を書斎に当ててぽつぽつ仕事を始めていましたが、暇があると鈴を呼びつけて差向いにデスクに掛けさせ、文字を習わせるのを楽しみにしていました。お手本は何と限ったことはありません、有り合せの雑誌でも小説本でも構いません、なるべくやさしい文章のものを選んで、それを磊吉が読んで聞かせます。鈴がザラ紙の帳面を開いて、ＨＢの鉛筆でそれを書き取ります。彼女は驚くほど漢字の知識に欠けていました。そう云う田舎の娘ですから、それは或る程度当り前ですが、それにしましても中学校は卒業したと云いますのに、文字に関してはあまりに知らな過ぎました。学校が嫌いだったのか、生れつき物覚えが悪

いのか、と云いますと、決してそうではないのでした。いろいろ聞いて見ましたところ、お母さんが町家の生れで百姓仕事が出来ないために、自分がいつもお母さんの代りに田圃で働かされていた、忙しい時には学校を休むこともしばしばであった、それやこれやで自然学業が疎《おろそ》かになっていたのでした。ですから差当り、巧拙などは問うところでなく、少しでも多く字数を覚えさせることが大切でしたので、毛筆の稽古は二の次としまして、鉛筆で毎日々々、新しい字画を書かせるように努めました。

讃子はよくそう云っていました。

「あの児は美人には違いないけれども、惜しいことに眼に光がない。あれで眼に一種の鋭さがあって、キラリとした閃きのようなものがあったら、ほんとうの美人になれるんだけれど、……そうしたら映画女優にでも推薦出来るんだけれど、……もっと上の学校へ入れて教養を積ませたら、きっとあの眼に輝きが出て来るんだがなあ」

と。

夫婦は初の場合にもそれに似た感想を洩らしたことがありましたが、辺陬《へんすう》の土地に育って十分な教育を受ける機会に恵まれなかった娘たちは、都会人に比べてどんなに損をしているか知れないと云うことを、今度も改めて感じさせられたことでした。

この授業はそう長い間つづけた訳ではありません。当分の間、大概毎日三十分か一時間ぐらい日課として教えていたのでしたが、それは彼女のためと云うよりも、磊吉自身が心の憂さを晴らすよすがになりました。追い追い新緑の季節が近づいて宿痾《しゆくあ》が癒え、外出が自由になるにつれまして、いつからともなくこの日課は廃されてしまいましたけれども、そうなるまでの一二箇月の間、磊吉はこのことのお蔭でどれほど慰められたでしょう。とは云いますものの、鈴も決してその期間を徒爾《とじ》に過していたのではありません。彼女はそれから五六年千倉家に奉公していましたが、或る時磊吉は彼女の手紙の書きさしが捨ててあるのを眼に留めまして、その筆蹟や文《ふみ》の書きぶりの見事であるのに異様な感を抱いたことがありました。

「ほんとにこれは鈴が書いたのかね」

そう云うと、讃子が云いました。

「そうよ、ほんとに鈴が書いたのよ。鈴はあの時分、毎晩女中部屋に籠って、あなたに教えて貰った字を何度も繰り返して習っていたのを、あたし知ってるわ。あれから後も暇さえあると内証で稽古していたり、しきりに空《くう》に字を書いているのを見たことがあるわ。どう？　この上手になったことと云ったら！」

全く、二三年の間に別人のような書体になって、むずかしい漢字がすらすらと列《なら》べられていますのには、磊吉も少からず驚かされました。この一事を以てしましても、こう云う娘が上の学校を卒業していましたら、どんなに立派なお嬢さんになったであろうと、気の毒に思えるのでした。でも、幼い時から田圃で働いていたにしましては、手だの脚だのがいい塩梅《あんばい》に形が崩れず、節くれ立ってはいませんでした。胸は十分の厚みを持って頑丈そうに張り切っていましたけれども、全体の姿はやさしくすんなりしていました。ただ気になりましたのは、両方の足に大きな坐り胼胝《だこ》がありました。これは日本人の男女には以前は誰にでも見られたことで、現に磊吉にしましてからが、書生部屋や漢学塾の琉球畳に畏《かしこ》まって坐らされた痕跡が醜く残っていますけれども、行儀が悪くなりつつある戦後の娘さんたちの足には、だんだん坐り胼胝が出来なくなっていますのに、この児の脚にそれがありますのは矢張いくらか眼障りでした。それともう一つ、髪に白髪と赤毛が沢山交っていました。尤もこれは食物の関係もあったらしく、千倉家へ来ましてから次第に減って行きまして、しまいには豊かな真っ黒な毛ばかりになりましたので、たまに田舎へ帰りますと、親たちや近所の人々に喜ばれたり不思議がられたりしたと云います。

彼女は生れつき味覚が発達していまして、旨《うま》い不味《まず》いがよく分りましたので、従って料理を作ることが上手でした。彼女たちの大先輩である初が、まだその時分まで千倉家に勤めていまして、相変らず京都と熱海との間を行ったり来たりして台所を預かっていましたか

ら、関西好みの料理の仕方を彼女に仕込まれたせいもあるでしょう。茶を入れさせても、鈴が入れると違っていました。そんな風でしたから、おいしい物を食べたがることも人一倍でしたので、鈴には御馳走のしがいがあると云って、夫婦は彼女を特別に旨いもの屋へ連れて行ったり、「これを食べて御覧」と云って、何かおいしいものがあると彼女のために残しておいたりしたものでした。

そう云えば、未だに一つ話になっていることがあります。下鴨の邸へ目見えに来まして二三日しました或る日、主人の晩の食事の時に給仕役を命ぜられて座敷へ這入って見ますと、磊吉が寝床の上に起き上って、布団の上に膳を据えて坐っていました。膳は朱塗りの高脚《たかあし》の面《めん》取りの四角な膳でしたが、その膳の上にも、傍《かたわら》の盆の上にも、鈴が今まで見たこともない、正体の分らない食べ物が幾皿も並べてありました。それは木屋町三条を上ったところの、今もある「飛雲」と云う店から取り寄せた中華料理なのでしたが、どんな品々が並べてあったか、多分冷菜の海月《くらげ》だの、皮蛋《ピーダン》だの、スープの燕巣だの魚翅《ふかのひれ》だの東坡肉《トンポウニョ》だのと云ったようなものだったでしょう。鈴は夫婦がさもおいしそうに食べているのを眺めまして、世には不思

議な喰い物もあればあるものと感心していますと、讃子が小皿と小鉢の上へそれらの料理を少しずつ蓮華《れんげ》で取り分けて、

「鈴や、あんたこんなものは食べたことがないだろう、まあ、ちょっとこれを食べて御覧。台所へ持って行くとみんなが見るから、ここで食べて御覧」

と、云いました。

そう云われて、鈴は生れて始めて中華料理と云うものを口にした訳ですが、その旨かったことと云ったらなかった、いったい世の中にこんなにもおいしいものがあるだろうかと思ったそうで、その時の驚きをいつまでもいつまでも人に語って已《や》みませんでした。

磊吉が河原町の朝日会館六階のアラスカへ連れて行ったことがありました。場所馴れない娘をそう云う食堂へ連れて行きますと、面喰らってうろたえるものですが、一つには美人の一徳で、ボーイが彼女を思い違えてお嬢さん扱いにしたせいもあるでしょう、鈴は最初から悪びれた様子がなく態度が板に着いていました。そして磊吉と差向いにテーブルに就きますと、一々磊吉の指図を受けるまでもなく、スープの吸い方、ナイフ、フォークの使い方、バタナイフの扱い方等々、テーブルマナーにそれとなく気を配って主人の仕種《しぐさ》を見習い、主人に恥を

掻かせるようなことはしませんでした。これはなかなか女中には出来にくいことですが、それから以後、彼女はすっかり度胸がついて、晴れがましい席へ連れて行かれてもマゴつくようなことはなく、さりとて妙にお嬢さんぶるでもなく、その辺の呼吸がまことに自然で、ほどほどを弁《わきま》えていました。

## 第十二回

磊吉の散歩の時は大概彼女がお供でした。

「鈴や、おいで」

と云って、夕方からぶらりと出かけて、気が向くと懇意な喰いもの屋の暖簾《のれん》をくぐります。四条木屋町上ル西入ルのたん熊、祇園末吉町の壺坂、――壺坂ではこんなことがありました、磊吉はタンシチユウが好きなので、鈴にも同じものでよかろうと思って二人前あつらえますと、鈴が困った顔をして磊吉の耳元へ口を寄せまして、

「先生、これは牛の舌ではございませんか」

と、小声で云います。

「そうだよ、牛の舌は君は嫌いかね」

「ほかのものなら何でも戴きますけれども、あれだけは堪《か》忍《に》して下さい」

「へえ、どうしてね」

彼女の家は風光明媚な琵琶湖のほとりにあるのですから、さぞかし風雅で閑静な土地であろうと思えますが、近年は家の前の街道を盛んに自動車が通りますので、たいへんな砂《すな》埃《ほこり》である、彼女が田圃で働いていますと、その埃だらけの道を牛が大八車を曳いて長い舌をダラリと出して、涎《よだれ》をだらだら垂らしながら通る、ポタリ、ポタリと、涎が地面の埃の上に落ちて行く。鈴はその光景を毎日のように見ていましたので、あの舌を食べるんだなと思うと、どうしても気持が悪くて食べる気にならない、と云うのでした。

東京では新橋の新橋亭、田村町の新家飯店、この二つは中華料理で、日本料理では大丸地階の辻留、西銀座の浜作などが主でした。但し東京の時は磊吉と二人きりではなく、大概家族の二三人が一緒でした。お供を仰せつかりますのは鈴に限っていた訳ではありません、外の女中のこともあるのですが、そう云っても鈴が一番多かったのでした。

そして、外の女中は主人たちと同じ料理ではなく、女中向きの簡単なものをあてがわれるのですが、鈴の場合は、

「この人は旨いもの好きで、料理のことに明るいので、何か当人の欲しいものを出すように」

と、コック場へ声がかかったりしました。

鈴の来ましたのが二十七年の秋で、その明くる年、二十八年の三月末に来ましたのが銀と云う娘でした。銀は鈴より三つ年下で、当時十九歳、千倉家の一番年若な女中として住み込んだ訳です。この児は初の周旋で、久し振りに鹿児島から出て来た娘でした。初の話だと、彼女は初の家の向う側の家の娘だそうで、初の家はひどい貧乏暮らしだけれども、銀の家はなかなか裕福に暮らしていて相当の土地田畑を持っている、初の一家などとは生活の程度が違う、そう云う家の娘であるから、行こうと思えば上の学校へも行ける身分だけれども、学校へは行きたくないと云っている、正直で賢い娘であるから此方へ呼んだらお役に立つと思いますが、と云うようなことで、初に招かれて来たのでした。

千倉家に勤めていました女中たちのうちで、美人と云えば鈴と、この銀との二人だったでしょう。鈴は万人向きの美人で、誰に見せても異論はありませんでしたが、銀は人に依って好き好きがあったかも知れません。磊吉の趣味から云えば銀の方に軍配が上りますけれども、それはまだ二三年後になってからのことで、彼女が目見えに来ました当座は、後にあのような魅力のある顔になろうとは予想していませんでした。ただ最初から、眼だけは円《つぶら》で、大きくて、愛嬌が溢れ、驚くほど表情に富んでいました。

「あの児は眼千両だね」

と、讃子もいち早くそう云いましたが、その点が鈴と反対で、鈴に欠けていたものを彼女は持っていた訳です。

奉公に来てから間もなく、彼女には忘れられない事件が二つありました。千倉家では女中の名を呼びますのに、本名で呼んでは親御たちに悪いと云う昔風の考から、仮の名前で呼ぶようにしていたことは前に述べました通りです。現に駒も定も鈴も皆本名ではないのでした。で、銀が来ました時もその習慣に従って仮の名を附けることになり、さて何と附けよう、あれにしようか、これにしようかとなりまして、では「梅」とするのがよかろうと、主人たちの間で決めました。と云いますのは、以前千倉家に勤めていました梅、（これも本名は「国」と云いました）あの梅は矢張鹿児島の泊の生れで、銀とは遠い縁つづきの間柄なのでした。梅は銀のお祖母さんの姪に当るのだそうで、梅の父は早く亡くなり、梅は幼い時から銀の家に引き取られて育ち、中学を出ると京都へ奉公にやられたのでした。そして一時不幸な病気が出たために千倉家から暇を貰って故郷へ帰りましたけれども、その後病気も大したことはなく、今では無事に暮らしているのです。そんな関係でしたから、銀も国の仮の名を貰って「梅」としたらいい、と云うことにしたのですが、讃子がその旨を当人に申し渡しますと、

「いやでございます」

と、銀はきっぱり云いました。

「どうしていやなの？」

と云いますと、

「癲癇なんかになった人の名を附けるのはいやです」

と云います。

「あたしは銀が本名ですから、銀で構いません、本名で呼んで下さい」

その云い方が、いかにもキビキビしていましたので、これはなかなか聞かぬ気の、我が儘なところのある娘だなと、夫婦はその時から思っていました。

讃子の妹鳰子が未亡人になりまして、夫婦養子をして北白川に一戸を構えました時分、女

中に困って銀を姉の家から借りて来たことがありましたが、

「私は千倉先生の所へ上る約束で来たのですから」

と、一日で千倉家へ帰って来てしまいました。


下鴨の邸の表門の前を北から南へちょろちょろと流れている小川があります。これが鴨長明の歌にある「せみの小川」だと云う説もありますが、それが誤りであることは吉田東伍の地名辞書に依っても明かで、土地の人はこの川を普通「泉川」と呼んでいます。水源を松ヶ崎村に発して糺の森の東を過ぎて加茂川に合流する川です。千倉家の女中たちが街へ買物に出ます時は、ちょうど表門の前のこの川に架してあるささやかな橋を渡って、糺の森の参道を西へ横ぎって深泥池《みどろがいけ》行のバス通りへ出て行きます。(まだ市電があの辺まで延びていない時分でした)ところで、その橋と云いますのは、もとは粗末な土橋だったのを、水で流れ落ちました時に近所の

人々が金を出し合ってコンクリートに造りかえたものでした。コンクリートと云いますけれども、幅一メートル長さ六メートル程の、欄干も何もない簡単なもので、橋の手前から少しずつ爪先上りになっていまして、橋そのものもいくらかアーチ型になっていました。ですから自転車に乗ったまま越えるのは危険なので、大概な人は橋の手前で自転車を下り、歩いて渡っていましたが、或る日のこと、銀は使いに出た帰り道、若さに任せて乗ったまま渡ろうとしまして、橋の上から自転車ごと川へ落ちました。

時刻は午後の二時頃でした。川は浅瀬のことですから溺れる心配はなかったのですが、川底に瀬戸物のかけらが落ちていましたのに、まともに額を打ちつけたらしく、見る見る眉間《みけん》から血が流れ出しました。折しも駒が裏門から川の方へ行こうとした出合いがしらで、銀が頭から血を浴びながら這い上って来るところでした。

「大変、大変、どうしたの銀さん」

銀はそれには答えないで、

「川ん中に買物籠を置いて来たから取って来てよ、籠にお金が這入ってるのよ」

「お金なんかどうだっていい、それより早くその疵《きず》を！」

体じゅうが血だらけなのを台所へ担ぎ込んで、駒がタクシーを呼びました。生憎小型が出払って大型しかありませんと云います。大型でも構わないから大急ぎで一台廻して！　そう云って二人が戸外へ出て見ますと、近所の人々が何事が起ったのかと、騒ぎを聞きつけて集っていました。自動車が大型なのに道路が狭いので門前へ着けることが出来ず、遠くの方に止っていました。銀は血が流れて来て眼が開かなくなっていながら、慌てて人々の間を駆けぬけて自動車の中へ飛び込むや否や、窓から覗き込まれないように体を伏せてしまいました。

「御池の高折病院へやって頂戴」

後からつづいて飛び乗った駒が云いました。銀はポロポロと涙をこぼして泣き通しに泣きながら、痛いと云う言葉は最後まで口にしませんでした。それより「こんな汚いなりをして」とか、「着物がこんなによごれていて」とか、「人に見られてみっともない」とか、身なりのことばかり気にしていました。事実川から上って来たそのままの姿なので、べっとり濡れた衣服から血がしきりなしに滴《したた》り落ち、車の中に点々とこぼれていました。病院で調べてみますと、眉間の疵は三センチほどでした。直ぐペニシリンと破傷風の予防注射が施され、疵口は局部麻酔をして二針縫われました。そして戻って来た時分には、顔が二倍以上に脹れ上った上に繃帯がぐるぐる巻きになっていました。熱は四十度近くありました。

「大変なことをしてくれたね、眉間にそんな疵を拵えてしまっては、あたしがお母さんに申し訳がない」

と、讃子が云いますと、

「いいえ、これは私が悪いのでございます、誰のせいでもないのですから奥様には関係がございません。自転車を下りればよかったのに勝手に乗ったまま渡りましたから、こんなことになったのでございます。母にはその通り云ってやります」

と、銀は云いました。

強情な彼女は、その繃帯姿のまま熱を冒《おか》して直ぐに働き始めましたが、これは主人たちに激しく叱られて止めました。ペニシリンの注射には暫く通っていましたが、額の疵は、それから既に九年余になる今になりましても、うっすらと眉間に痕を残しています。見馴れてしまえば格別気にもなりませんけれども、器量がすぐれているだけに惜しいと思う人もあるでしょう。兎に角あの疵は一生消えないに違いありません。

さて、ここらでその後の初のことに触れておきましょう。

初が銀を世話してくれましたのが二十八年のこととしますと、彼女はもう十八年も千倉家にいたことになります。その間に四年間の戦争がありまして、その戦争の最中に老母が病気に罹《かか》ったり、又その後にカリエスの兄が死んだりして、たびたび郷里へ帰っていたことがありましたけれども、十一年に反高林の千倉家へ来ました時が二十歳《はたち》でしたから、今ではもう四十歳近くになっていました。而《しか》も気の毒なことに、京都でも郷里でも彼女にこれと云う縁談の申し込みは一度もありませんでした。

いつでしたか、寺町今出川時代に、磊吉が彼女を連れて河原町を歩いていますと、突然彼女が立ち止って磊吉の顔を覗き込み、

「先生、私でもお嫁に行けるでしょうか」

と、いかにも思い余ったように尋ねたことがありました。

「ああ行けるともさ、きっと行けるから心配することなんかないよ」

と、その時磊吉はそう答えました。磊吉に云わせますと、世間一般では初のようなのを不器量と云うかも知れないけれども、一概にそう云ったものではない、と云うのです。初の長所につきましては、この小説の二に述べた言葉をもう一度ここに繰り返しておきましょう。「睦子が（初を）マクダニエルにたとえましたのは顔の輪郭のことで、皮膚の色は真っ白でした。肉づきは豊満で、たっぷりと肥えていましたけれども、さりとて不恰好ではなく、今から三十年近くも前の二十歳台《はたち》の女性としましては、身長も平均より高く、すっきりしていました。そして手の指が長く、足も、だいだいとした大足ではありませんでしたけれども、恰好は悪くありませんでした。磊吉は彼女の裸体《はだか》を見たことはありませんが、睦子の説では、『マリリン・モンロー以上のバストを持っている』と云うことでした」とあり

まして、「磊吉は足の裏の汚れている女が嫌いでしたが、初はいつでも雑巾で拭いたばかりのような、サラリとした、真っ白な足の裏を見せていました。襟もとを上から覗き込んでも、肌着が垢づいていたことはな」かったとも云っています。ですから磊吉が、「きっと嫁に行けるから」と云いましたのは、何も気休めのつもりではありません、ほんとうにそう思っていたのでした。これだけの女を嫁に貰い手がないなんて、世間の奴等は眼が利かな過ぎる、必ずそのうちに適当な縁があると、固く信じていたのでしたが、その時はなかなか来ませんでした。

熱海の別荘に初が一人で留守番をしていた時期がありましたが、その時分に彼女はおりおり出入りの若い男達を呼び集めて、すき焼を奢ったりして夜を更かしたりしたことがあったそうです。磊吉夫婦はそんな噂を後で誰かから聞きまして、初もいよいよ怺えきれなくなったのかな、根が潔癖で、今まで一度も間違いなどを仕出来《しでか》したことのない女だが、へんな工合にグレなければいいがと、ひそかに案じていたこともありましたが、いい塩梅に悪い評判が立つようなこともなくて済みました。そして程なく、熱海から京都へ呼び返されまして、当分の間北白川の飛鳥井の家へ手伝いに行っていました。

鳰子の夫の飛鳥井次郎が癌で亡くなりましたのが二十四年で、未亡人の鳰子は南禅寺の家を売り払い、暫く下鴨の姉の許に身を寄せていましたが、次郎には子が生れませんでしたので、姉の讃子の先夫の子、啓助に跡を継がせました。すると啓助が同志社大学英文科出身の絖子《ぬめこ》と恋愛結婚をしましたので、北白川の奥のお花畑のあるあたり、昔の白川御殿の跡の一部に一戸を構えさせました。初が手伝いに行きましたのは、当時若夫婦の間に「みゆき」と云う女子が生れたりしまして、是非とも人手が欲しかった折柄でした。絖子は著名な画家であった祖父の梨本藍雪の血を受けまして、天才的な、鋭い刃物のようなところのある女で、めったに人に許さない、なかなか注文のむずかしい若奥様でしたが、そう云う絖子が初にだけは文句を云ったことがなく、その働きぶりを深く感謝して、いまだに忘れないでいますのには、必ずやそれだけの理由があったに違いありません。それは一つには、絖子は当時二十四歳の若さであったのに対し、十三か四も年上の初は子を生んだ経験こそありませんけれども、何と云っても万事につけて世馴れていまして家事に明るく、子供を扱うことは勿論、家庭料理はお手のものでしたし、いろいろな点が重宝だったからでしょう。初の大柄な、たっぷりした体格と、物にこせつかない、鷹揚で親分肌の性質とは、神経質な絖子の気分をやんわりと和げる作用をしたかも知れません。初の大きな腕の中に赤児のみゆきがすっぽりと落ち込んで安心して眠っています光景は、誰の眼にも心丈夫な、頼もしい気を起させたことと思います。

# 第十三回

その時分、と云いますのは、初が飛鳥井家の家事を手伝いながらみゆきの守《も》りをしていました時分、図らずも彼女に全く違った方面から縁談が二つ申し込まれました。一つは磊吉が始終足腰を揉ませていました女按摩からの話で、一つは和歌山にいる彼女の姉からの話でした。按摩の方の話の人は千本下立売《せんぼんしもだちうり》辺に住む薬屋の主人だそうで、先妻に死なれて、二度目ではあるけれども、子供はない、生活もさして豊かと云うのではないが先ずは普通に暮らしている、按摩は直接その人を知っている訳ではなく、間にもう一人仲介者があっての話なのですが、初がいつまでも一人でいるのが気の毒だと云う、親切心から持って来てくれたらしいのでした。

もう一つの方、和歌山の話と云いますのは、彼の地に初の姉がいますことは前に述べましたが、その姉と妹の初と、両方のためを思って姉が考えたことなのです。姉は国元にいる母親とカリエスの弟に貢《みつ》ぐために三千円の前借をしまして和歌山へ売られて行ったのですが、その後世話をしてくれる旦那が出来まして、自分で小料理屋の店を出すようになっていましたところ、旦那の本妻が亡くなりましたので、跡に直った訳ではありませんけれども、今では気楽な身分になっていたのでした。そうなってみますと、姉は自分に子供が出来ないのが惜しい、ついては初をいずれかへ縁づかせ、生れた子供の一人を貰って行く末の面倒を見て貰いたい、と云う料簡になったらしいのです。すると好都合なことに、自分の店へ飲みに来る男で、子供を二人遺して女房に先立たれ、後添いを捜している人があるのに目をつけました。それで、これこれこう云う相談があるから、お暇を戴いて和歌山へ来てみる気はないか、先方の人は私がかねてから知り合いの信用の置ける人物である、この話は必ず巧く行くと思うからと、手紙でそう云って来たのでした。

二つの申し込みが同時に来ましたので、初も迷った様子でした。磊吉たちの考えとしましては、二十年近くも自分達の一家と共に暮らして来た娘――もう娘と云う歳ではありませんが、――を、見知らぬ土地へ嫁にやるのはまことに辛い、それも生れ故郷の鹿児島へ帰るのなら格別、当人もまだ行ったことがないと云う和歌山へ行くのです、姉は一度旦那と一緒に京都に見えたことがありますので、人柄は分っていますけれども、嫁に貰うと

云う相手の男はどんな人間か、姉の云うことに間違いはありますまいけれども、そっくり真に受けていいものかどうか。男の家は和歌山市外の農家だそうで、半農半漁の家に生れた初が来てくれれば、大変助かると云っているそうですが、彼女が田舎で百姓仕事をしていましたのはもう何年も昔のことで、今では京都の生活に馴れてしまっています、一旦都会の味を覚えた者が果して野良仕事に満足していられるだろうか、長い間には、何かにつけて不満が出て来るのではないか。第一あんな工合に繊細な物の味が分り、人情の機微にも通じるようになっている女を、再び以前の田舎者にしてしまうのは可哀そうだ。磊吉夫婦は今までにも、ときたま二三箇月国に帰って働かされて、真っ黒になって戻って来た時の初の姿が眼にありますので、それを思うとどうにも忍び難いのでした。まして先妻の子が二人までもあると云うのでは、その子供達との折り合いも問題でした。薬屋の主人の方は調べてみなければ分りませんが、子供がないと云うのですからその点は安心でした。千倉家が親代りになって下鴨から輿入れさせることも出来ます。嫁に行ってみて気に入らなければ逃げ帰っても来られます。磊吉たちはいつでも喜んで彼女を迎えます。――――決してそんなことを望んでいる次第ではありませんけれども、下鴨ではそのくらいに思っていたのでした。しかし結局のところ、磊吉夫婦は自分たちに都合のいいように考えたがるきらいがあったかも知れません。初としましては、国の母親が亡くなった現在、和歌山の姉を母同様に思っていたでありましょうから、そう雑作なく姉の言葉に背く訳には行きかねました。千倉の家を離れてしまえば、彼女の帰るべきところは今では鹿児島ではなくて和歌山なのでした。千倉家の恩は恩だけれども、最後に頼るところは姉以外にないのでした。姉の所へ参りましても簡単に縁談が纏まりますかどうですか、当分は姉の仕事を手伝うようになることでございましょう、鹿児島では遠うございますが、和歌山なら何でもございませんから、これからも始終寄せて戴きます、御用の時はいつでも飛んで参りますと、――我が子のようにして育てたみゆきに頬擦りをしてさんざん泣きながら、磊吉、讃子、鳰子、銚子、睦子たちに何遍も何遍も繰り返して行きました別れを惜しみながら、彼女が立って行きましたのは、その同じ年の夏の末頃のことで、銚子の手元で働いていましたのは四五箇月の期間に過ぎなかったでしょう。みゆきはまだ西東も分らない折でしたから、初がどんな顔をしていたかも記憶にないと云っています。

姉の計画は実を結びまして、間もなく初は結婚しました。磊吉夫婦はその席に列

なりはしませんでしたが、夫婦が心配したほどのことはなく、仕合せに行っているらしいので、やはり余計なお切匙《せっかい》をしないでよかったと思ったことでした。今では彼女は先妻の子と併せて四人の子持ちになっています。そして子供たちに扶《す》けて貰いながら畑仕事にいそしんでいます。

千倉家に奉公していました女中たちのうちで、千倉夫婦の紹介で結婚の相手を見つけましてめでたく嫁に行きましたのは、定が最初でした。この娘のことは前にちょっと、駒の話のところに出て来ます。彼女は大阪府下北河内の生れで、駒より一二箇月おくれて千倉家へ来たのでしたが、女中奉公の経験はその時が始めてではないのでした。前の家で働いていました時分、その家に出入りしていました名高い大蔵流の狂言師春山仙五郎一家の人々に気に入られ、その人となりが大変信用を博しまして、息子の嫁に欲しいとまで云われたことがあったそうです。千倉家へ来ましてからも実際によく勤めました。ちょうどその頃、磊吉が書斎の合歓亭を改築していまして、大工その他の職人衆が三四人泊り込んでいましたが、定はその人たちの食事の世話を一切引き受け、夜がどんなに遅くても朝は五時起きをして働きました。働くことについては一度も不平を云ったことのない娘でした。それに大層子供好きで、殊に

動物に対する愛情がこまやかで、犬猫の面倒をよく見ました。いったい動物を飼っている家庭では、動物に理解のある女中を得ることが望ましいのですが、それがなかなか困難なのです。犬を可愛がる女中はそれでもときどき見受けますけれども、猫は大概な女中が厭がります。うっかりしているとお座敷で粗相をしまして衣類や布団などを汚す、刺身や焼き肴《ざかな》に気を配っていないと浚《さら》って行かれる、そのたびごとに主人に叱言を云われたり洗濯物が殖えたりする、内証で猫を叱ると、猫は主人に云附《いっ》け口をする。猫好きの主人は直ぐそれに感付きます。下鴨の家には当時二匹のスピッツの外に、「みい」と云う牝の日本猫がいまして、磊吉夫婦も、鳰子も、綂子も、睦子も、揃いも揃って猫には眼のない連中でしたから、猫を愛してくれる定のような女中が来てくれましたことは、まことに有難いのでした。

子供や動物に対する彼女の特別な愛情は、その不仕合せな生い立ちに関係があるのだと思われます。彼女の父と云う人はもと北海道で中学の

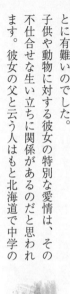

校長をしていまして、定とその姉と二人の娘を持っていましたが、或る事情があって妻を離別しました時に、二人の娘も母の実家へ連れて行かれましたので、定の不幸はその時から始まりました。実家は可なり裕福な農家だったそうですが、定は十四の時に、親戚の子供のない家に貰われて行きました。ところが程なく、その養父母に実の男子が生れました結果、途端に定は養女の身分から子守りの身分に落されまして、それからと云うもの、辛い苦しい毎日がつづきました。尤も彼女は県立の女学校へ通うことを許されたそうですが、姉娘の方は一段と不幸でした。姉は十二歳で別の家に貰われて行きまして、小学校へも満足に通わして貰えなかった、而《しか》も年頃になってから悪い男に欺されて二人の子を生み、最後はクリスチャンになったと云います。実母も再縁してしまいましたので、定は仕方なく母を追い出した実父の許へ頼って行きましたが、そこにも新しい別の母が出来ていました。そう云う次第で、定が毎朝暗いうちから起きて働く習慣がつきましたのは、守りっ児時代からのことなのです。ですから他人の家に奉公に出ましてからは、そんなことは当り前と思っていました。幼い時から誰一人として自分に不憫《ふびん》をかけ、憫《あわ》れんでくれた人はなかったので、孤独な彼女は自然物云わぬ動物を自分の友として懐《なつか》しむようになったと云います。従って彼女は、他人の不幸に同情を寄せ、他人のために骨身を惜しまず働くことを厭いませんでした。幸いなことに彼女は人一倍健康な体質に恵まれていましたから、普通の人の何倍かの労役に堪えることが出来ました。大蔵流の春山仙五郎一家が眼をつけたのもそこなのでしたが、やがて熱海でも彼女の働きぶりに感心して、あの娘ならこの上もない良縁があるから是非共私に世話をさせてくれろ、と云う者が出て来ました。それは海岸通りに食料品の店を構え、二階で喫茶店を営んで成功している巴屋の主人でした。巴屋が商品を売り込んでいる、山本旅館と云う土地でも名の知れた古い大きな旅館があります、そこの支配人の息子で、現在は逗子で姉夫婦の仕出屋の店を手伝っている青年がある、いずれ近々然るべき嫁を迎えて独立したいと云っているが、そこへ行く気はないだろうか、と云うのでした。その青年の姉と云いますのが又なかなかのしっかり者なので、仕出屋の店も繁昌している、亭主はあの辺の大きな網元の倅《せがれ》だそうで、青年が独立する場合にはその姉夫婦からと、山本旅館の父親からと、両方から資本を出して貰えるので、姉夫婦の商売の邪魔にならないように、同じ土地で鮨屋でも始めようかと思っている、それには姉に負けないようなしっかりした、働き者の女房を持たないことには到底やって行けないが、お定さんならまことに打ってつけである、あの人のようなのをこそ捜していたのだ、と、巴屋は云いました。

話は忽ちとんとん拍子に進みまして、その青年と定との結婚が成立しましたのは、初が和歌山へ行きました翌年、たしか二十九年頃の冬のことでした。今も云うような事情ですから、定にはこれと云って親元と立てるべき家がありませんでした、実父はありますけれども戸籍はそこにはありません、戸籍のある家には母がいません、已むを得ず千倉家が親代りになりまして、巴屋夫婦の媒妁《ばいしゃく》で式を挙げました。式場に当てられましたのは、姉夫婦の仕出屋の店の奥の八畳の座敷でした。千倉家からは、磊吉は出席せず、讃子と、睦子と、手伝いのために駒が附いて行きました。新婦側の列席者は三人だけ、新郎側も姉夫婦の外に親戚や友人らしい人が一組か二組、総勢十五人足らず、披露もその場所でそれだけの人数でしたが、それでも八畳の間に並びきれないで廊下に毛布を敷いたりしました。式には神主の祝詞《のりと》や女蝶男蝶などもなく、姉夫婦の幼い娘が三三九度の盃を勧めて、至って簡略に行われました。夫婦はその晩、峰温泉へ新婚旅行に立って行きましたが、熱海までは讃子たちと一緒の汽車でした。峰温泉で一泊した帰りには千倉家へも挨拶に見えまして、

昔の朋輩に温泉みやげの人形などを買って来ましたが、磊吉は二人が庭で楽しそうに新調のカメラをいじくりながら、しきりにパチパチやっていましたのを覚えています。

それからもう九年近くになりますが、鮨屋の商売は図に当って、今では店に五六人の男女を使うくらいに発展しています。子供も三人まで生れました。亭主も一生懸命ですが、女

房がその通りの遣り手ですから、定めし相当の貯えも出来たことでしょう。千倉家にいました女中たちのうちでは、目下のところ恐らく定が出世頭ではないでしょうか。

定が結婚しましてから後、それぞれの相手を見つけて縁づいた女中たちは数人に上ることと思いますが、それらはいずれもそう長い間奉公していた娘たちではありませんし、国元へ帰って親の家から嫁ぎましたので、磊吉たちには委《くわ》しい様子が分りません。たまに年賀状などを寄越す者もありますので、あの娘もいい奥さんになっているだろうなどと、噂することはありますけれども、どうしているやら便りのない人の方が大部分です。で、定の次に磊吉夫婦が親代りになりまして立派な式を挙げ、堂々と結婚しましたのは、かの二人の器量よし、銀と鈴でした。

定の時はまことに淋しい、ひっそりとしたものでしたが、この二人の時は磊吉も出席し、伊豆山で一流の旅館の主人が鈴夫婦のために仲人役を買って出ました。又銀のためには鹿児島の祖母と母とが打ち揃って出て参り、荷飾りをして近所の人々を招くと云うような花やかな場面がありました。而《しか》も二人は同じ日に、同じ場所、地元の伊豆山権現の社殿に於いて式を挙げました。第一に鈴夫婦、次に銀夫婦の式が行われ、銀は披露の宴を神社の石段の途中にある親戚の宅で、鈴は神社の別殿に於いて催しましたので、磊吉はそのおのおのの席上で祝辞を述べたことでした。が、この二人の華燭の典は定の結婚より三四年後のことなので、そうなりますまでには、殊に銀の場合には、いろいろのいきさつがありましたので、それは是非とも記しておく必要があります。

銀の器量が人目につくようになりましたのは後年のことだと云いましたけれども、十九歳で下鴨へ来ました時から、早くも彼女に心を惹かれた若者がいないではありませんでした。泊々舎と云うクリーニング屋の青年などがその一人で、熱心に彼女を追いかけていたようでしたが、それは何よりも、あの名女優の顔にあるような眸《まなざし》が物を云ったのでしょう。でもその時分の銀はまだ無邪気な子供で、自分には一向そんな気持がなく、洗濯屋の小僧のモーションなどは眼に留めてもいませんでした。あの、「月がとっても青いから」と云う歌を、用事をしながらよく唄っていました。

## 第十四回

話が大変ややこしくなりますが、ここでちょっと、終戦以来何回となく場所を変えました千倉家の居住地のことにつきまして、説明を加えておきます。

昭和二十一年に、磊吉夫婦は岡山県真庭郡勝山町の疎開地を捨てまして、京都に部屋借りをしましたのが、同市上京区寺町今出川上ルの亀井方でした。それから間もなく、左京区南禅寺下河原町の白川の流れに沿うたところに一戸を構えましたが、やがてその家を飛鳥

井次郎夫婦に譲りまして、下鴨の糺の森の、池や滝や築山のある林泉の美しい邸に移りました。そして、その本邸の外に、再び熱海に別荘を持ちましたのは、前記の南禅寺時代ですが、最初は山王ホテル内の友人の別業を借りていまして、後に、下鴨時代になりまして、同じ熱海の仲田と云うところに家を買い求めました。梅の癲癇事件や、二十五年の熱海の大火や、小夜の同性愛事件がありましたのは、この仲田時代でした。三十年前後になりますと、仲田方面にバスが通うようになり、閑静であった別荘地帯が追い追い旅館や芸者屋の類に変貌しまして歓楽境と化して行き、磊吉たちには住みにくい土地になりましたので、その別荘を売り払って、熱海駅と湯河原駅とのほぼ中間の地点、伊豆山の鳴沢と云うところの、山の中腹に移りまして今日に及んでいます。定が結婚しましたのはこの鳴沢の山荘時代です。

鳴沢は熱海市内ではありますけれども、今から六七年前までは至って物静かな環境の土地柄でした。駅から徒歩で一里足らずなのですが、当時はゆっくりと、南に大島の噴煙を望みながら歩いて往き来することも出来ました。今は渋谷の常盤松にいる木賀夫婦も、十丁ばかり東の大洞台に住んでいました。横山大観の別荘も附近にありました。磊吉たちは自分の山荘を「湘碧山房《しょうへき》」と名づけていましたが、それは昔松井石根《いわね》元大将が建立した興亜観音へ通う石段の中途に面していまして、法華信者らしい堂守の打つ太鼓の音が、どんな暑い日でも寒い日でも、必ず朝夕に響いて来ました。いったい熱海は避寒地として知られていますが、鳴沢に居を構えてみますと、冬も縁側が日を一杯に受けて暖かく、夏も、そう云う山の中腹ですから思いの外涼しいのでした。自動車を下りて段々を六十段ばかり登らなければならないのが、難と云えば難ですけれども、それも馴れてしまえばそんなに苦痛ではありませんでした。

そう云う訳で、磊吉たちは二三年の間、夏と冬は熱海、春と秋は京都と云う風に行ったり来たりしていましたが、次第にそれが億劫《おっくう》になりましたし、東京に近い熱海の方が、何かにつけて便利と云うこともありましたので、とうとう伊豆山の別荘を本邸に改めてここに根拠地を据えることにし、住み馴れた京都の下鴨から完全に引き揚げてしまいました。それが三十一年の暮のことでした。尤も、下鴨の家はなくなりましたけれども、京都には北白川に飛鳥井家がありまして、そこには今も啓助と銚子の夫婦が住んでいます。鴫子は大概伊豆山の姉のところに身を寄せていましたが、それでも年に何回かは行き来しています。磊吉夫婦も京都には未練がありますので、飛鳥井家を自分の別荘のように思って、そこの二階に寝泊りする部屋を作って貰い、たまに十日か半月ぐらいは厄介になりに行くのでした。

湘碧山房は以前の下鴨の邸のように広くはありません。下鴨の邸は敷地が七百坪もありましたが、湘碧山房は二百坪足らず、建坪は八十坪ぐらいです。しかし仕合せなことに、東隣りに二百坪ばかりの空地がありまして、そこには萱《かや》や薄《すすき》が一面に生い繁っていました。

この空地の持主は、どう云う考でこんなところにこんな地面を空けておくのか知りませんが、「あなた方にあすこをお売りする訳には行かないけれども、お使いになるのは御自由です。但し、建物を建てられては困ります。どうせ空いているのですから、運動場としてお歩きになるのは構いません。借地料は一切申し受けません。万一あれを処分するような場合には第一にあなた方に御相談しましょう」と、そう云ってくれましたので、磊吉は喜んでその好意を受けることにしまして、早速萱や薄を切り払って芝を植え、その間を縫う遊歩道を作りました。約束に従って建物らしい建物は作りませんでしたが、京都から平安神宮のそれと同じ紅枝垂を三株運ばせ、外に染井吉野を数本植え、東北の隅に藤棚を設け、大洞台の木賀邸から浜木綿《はまゆう》を分けて貰ったり、ひと叢《むら》の萩を植えたりしまして、必要の時はいつ何時でも取り除くつもりで四阿《あずまや》と犬小屋とを作りました。磊吉たちはこの二百坪の緑地帯を「裏庭」と呼んでいましたが、表門の興亜観音へ通う石段の外に、この裏庭から直接下の自動車道へ下りられる五十階ばかりの石段がありました。興亜観音へお参りする人々がおりおり間違えてここから裏庭へ這入って来ることがありましたが、後にこの石段が銀の恋愛事件に重要な役目をすることになりました。

磊吉夫婦や鳰子や睦子たちは、しばしば伊豆山を通り越して熱海の街へ遊びに行きました。あの、海岸から西山の方向へ真っ直ぐに伸びている一番繁華な大通り、あすこを「熱海銀座」と呼ぶようになりましたのは、いつ頃からだったでしょうか、多分そんなに古いことではなかったような気がしますが、磊吉たちは買物をするにも、映画を見るにも、喫茶店や鮨屋の暖簾をくぐるにも、結局あの辺まで出かけるより外ありませんから、大概一日に一回は家族の誰かが湘南タクシーを呼ぶことになります。いや、どうかすれば二回も三回も呼びますので、タクシーに取ってはこの上もないお得意さんだったでしょう。このタクシー会社は、鳴沢から熱海駅の方へ一キロ余り行ったあたり、逢初橋と云う橋の袂から四五軒のところにありまして、呼べば七八分で石段の下まで来てくれました。運転手は二十四五人もいましたろうか、いずれも千倉家の人々と顔馴染であったことは云うまでもありません。女中たちが街へ出る時はバスで行くのが普通でしたが、よく往き復りに空車《からぐるま》に乗せて貰うことがありました。野菜や魚や果物などの重い荷物を持っている女中たちに取っては、これは何より有難いサービスでした。彼女たちは逢初橋のところで降して貰って、そこからバスに乗り継ぐのですが、運転手に依っては橋を通り越して鳴沢の石段の上り口まで送って来てくれる者もありました。

銀と光雄との関係は、そのタクシーが取り持ったのだと云います。光雄は湯河原で大衆食堂を経営している老夫婦の一人息子で、十年程前から湘南タクシーの運転手を勤めていました。光雄の親たちも元来は伊豆山の生れで、昔は相当に繁昌していた仕出屋だったのだそうですが、だんだん失敗して湯河原に流れて来たのだと云いますから、その子の光雄は満更身元の分らない渡り者ではないのでした。しかし磊吉の見たところでは、至極ありき

たりの町の青年で、格別銀が惚れ込むほどの好男子とも思えませんでした。二十四五人もいる運転手の中で、特に眼を惹く男振りではないのですが、この辺の若い娘たちには何かしら訴えるものを持っていたのでしょう。方々の旅館の女中たちにえらい人気がありまして、「光雄さんを」と云うお名指しで彼の車を呼ぶことが多いと云う評判でした。銀と彼との

そもそもの馴れ初めは、いつ頃からであったか銀自身にもはっきりしません。今も云う熱海銀座への買物の帰り道、讃子や鳰子が東京や京都へ行く時は誰かが必ずホームまで見送りに行くのでしたが、その帰り車の中、その外偶然の機会に銀が光雄のタクシーに乗せて貰うことはたびたびあったに違いありません。で、銀はもう余程前から、光雄がいつもバックミラーに映っている彼女の顔にしきりに流眄《ながしめ》を送るのに気がついていました。彼女が光雄と云う青年に注意を払うようになったのはそんなことからでした。

或る時、鳰子が京都へ立つと云うので、銀が駅まで見送りに行きましたが、その日も運転は光雄でした。銀がホームで見送りを済ませて改札口を出て来ますと、光雄の車がまだ待っていました。

「何してるの？」

と云いますと、

「お前《めえ》の帰《けえ》りを待ってたんだ、家まで送ってってやるから乗って行きなよ」

光雄は口の利き方が妙にぞんざいで、伝法なところがありました。女たちに云わせますと、その伝法なしゃべり方に魅力があるのだと云うことでした。

「あたしこれから街へ行って、いろいろ買物しなけりゃならない」

「じゃ、その辺まで送ってやろう、まあ乗りねえ、直き済むんだろう」

「沢山用事を頼まれてるんで、これから五六軒廻るのよ。本局へ行って書留便を何本も出すんで、時間がかかるに決っている」

「じゃあ仕方がねえ、又会おうか」

「うん、そうしてね。あ、そうそう」

銀はそう云って、鳰子から預かった百円札を二枚出しました。

「はい、これ」

「そんなものは要らねえ」

「取ってくれなきゃ困るわよ、今奥さんから自動車賃に預かったんだから」

「要らねえったらよ、そんなものは。お前の小遣いに取っときねえ」

「困るわ、あたし」

「いいから取っときなってことよ。じゃ、さよなら」

光雄は二百円の札を押し返しながら、銀の掌《てのひら》を力を籠めて握り締めました。

又こんなことがありました。

讃子が画家の山畑勝四郎邸を訪れた時も、光雄の車で銀がお供をして行きました。山畑邸は駅の手前のガードをくぐって、桃山の坂道をぐるぐると数丁登って左へ折れた、人通りの少いところにあります。ここも玄関に行くまでに急な石段がありますので、讃子は石段の上り口で自動車を下りて上って行くのですが、大概一二時間は主人夫婦と雑談を交しますので、お供の女中と車とを一旦返すのが常でした。それで、その日も銀が玄関のガラス戸のところまで送って行って石段を下り、待っていた車に乗ろうとしますと、いきなり光雄がうしろから抱き着いてキスしました。情熱の籠った、念入りなキスでしたが、銀は無言で、されるがままになっていました。

銀の光雄に対する感情は、そんなことがたび重なるうちに急激に募って行きました。南国生れの彼女の胸には、人一倍向う見ずで生一本な、こうと思ったら自分で自分を制しきれない奔流のようなものが沸《たぎ》っていまして、いつの間にか光雄でなければ夜も日も明けないようになりました。磊吉たちは気がつかずにいましたが、タクシーを呼ぶと、ほかの誰

より光雄の車が来ることが頻繁になりました。それは銀が勝手にタクシーへ電話をかけて、光雄がいたら必ず彼を寄越すように頼んでいたのでした。事情を知っている朋輩の女中たちも、その執心に呆れながらも友達の誼《よし》みで、主人たちに内証でなるべく光雄を招くようにしました。すると光雄は合図のクラクションを盛んに鳴らしながら下の国道を上って来ます。そして石段の上り口で車を止め、いつも口癖のように唄う三橋美智也の、「覚えているかい故郷の村を」と云う「リンゴ村から」の歌を唄います。銀が主人の供をするとは限りませんが、主人より先にいち早く石段を駆け下りて来て愛人の手を握るのが彼女でした。そして、車が鳴沢の坂道を下りて海岸に沿うた国道を熱海駅の方へ幾曲りも、見えたり見えなくなったりして遠ざかって行きますのを、手を振りながら懐しそうに見送っているのでした。

湘碧山房の石段を下りたところ、ちょうどタクシーが止って待っているあたりに、小谷製作所の社長玉井良平の別荘があります。主人夫婦はたまに土曜から日曜にかけて東京からベンツを飛ばして来てここに泊り、川奈のゴルフ場などに行くのですが、平素は留守番のお米と云う四十五六の未亡人の女中が一人、小学校へ通う子供を二人抱えて住んでいます。留守番の家は玄関の横に別に建っていまして、直ぐその外に簡単な枝折戸《しおりど》の門が附いていています。ですからお米はいつからともなく、つい枝折戸の外に止る光雄の車を見馴れてしまい、「リンゴ村」の歌をすっかり聞き馴れてしまいました。どうかすると、そこへ銀が下りて来て手を握り合ったり、キスしたりする光景を、否でも応でも見せられてしまうのでした。日の暮れ方の薄暗い時は、その光景が一層猛烈さを加えるのは云うまでもありません。真っ昼間の明るい時でも、二人は自分たちが誰かに見られていることなんぞに、頓着する余裕もありません。二人で車内に閉じ籠って抱き着いたりいたしますので、お米の方が慌てて逃げ出す始末です。

銀が光雄の去って行く車の影を、名残惜しげにいつまでもいつまでも見送っていますのには、外にも理由があるのでした。鳴沢から逢初橋まで帰る途中の国道に沿うたところに、松濤館と云う旅館がありますが、光雄を贔屓にする兼と云う女中がそこにいるのです。兼も光雄と銀との間柄を知っていまして、彼の車の往き復りに待ち構えていて、キスを投げたりウィンクしたり、都合がいいと乗せて貰ってドライブを楽しんだりします。銀にはそれが妬《や》けて妬けて溜らないのです。銀は光雄の空車が出て行きますと、じっと耳を澄ましていて、車が松濤館の前で止るかどうかを確かめます。怪しい時は石段の下まで下りて来て確めないことには気が落ち着きません。磊吉が不在の時は、磊吉の書斎へ走って行って、初島や大島の見える南の窓を開け放って立っていることもしばしばでした。と云いますのは、その窓から見晴らしますと、車の行方が遠くまで分りますので、松濤館の前で道草を喰ったりすれば隠しようがないからです。

しかし、相手は引く手数多《あまた》なので、松濤館の女中と限ったことはありません。バスの女車掌の中にも馴染がいると云うことでしたし、熱海の旅館の女中たちにも持てて仕方がないと云う噂でしたから、それを一々妬いていた日には際限がありません。一人の女を車に乗せて走っていたら、又もう一人に摑まったので、

「お前はここに這入っていねえ」

と、前の一人を後のトランクに押し込めてドライブしたと云う話もあります。

鈴が主人の云い附けで街へ買物に出ようとしますと、

「鈴さん、これで光雄さんの車に乗って行ってよ」

と、銀からたびたび自動車賃を貰ったことがあると、鈴は云いました。銀にしてみますれば、光雄が隙を盗んでは街を遊弋《ゆうよく》していると気が揉めてなりませんので、少しの間でも所在が分るようにしておきたいのです。一方鈴にして見れば、自動車を奢って貰う方が重い荷物が助かりますので、決してイヤな顔はしませんでした。

## 第十五回

国鉄の下り列車が湯河原駅を出ると間もなくトンネルに這入ります。割に長いトンネルで、伊豆山温泉の桃李境と云う旅館の先の方で外へ出まして、すぐ又第二、第三のトンネルに

這入り、逢初橋の上の方に出ます。第一のトンネルの出口のところは、国道のバスの停留場の鳴沢と奥鳴沢の中間あたりの、国道から少し海岸の方へ下りたところにありまして、湘碧山房からは僅かな距離です。銀は何かと云うと、そのトンネルの出口の真上へ来てうずくまって、足の下を通り過ぎる列車を見下しながら、何時間でも泣いていることがありました。それは決って光雄と喧嘩をした時で、光雄が余所の女を乗せて走っていたのを誰かが街で見かけたとか、例の女車掌から銀にいやがらせの電話がかかって来たとか、約束の時間に来てくれなかったとか、どうせ他愛のないことなんですが、当人はひどく興奮して、

「くやしい！」

とか、

「死んでやる！」

とか泣き喚《わめ》きながら、台所の用を放り出して飛んで行きます。

駒や鈴が心配して追いかけますと、石段を駆け下りていつもの鉄道線路の方へ消えてなくなります。

「銀さん、銀さん、何処へ行くの？」

そう云っても銀は振り向きもしません。行って見ますと、あのトンネルの上にしゃがんで考え込んでいるのです。

「そんなところで何してるのよ、それじゃ私たちが困るじゃないの」

しまいには朋輩たちも彼女の「死ぬ、死ぬ」には馴れっこになって、そう驚かなくなりました。「死ぬ、死ぬ」が始まりますと、

「銀さん、銀さん」

と、途中までは追いかけますが、いい加減にして切り上げて来ます。すると案の定、一二時間も経つと戻って来ますが、朋輩たちの顔を見ると又くやしさが込み上げて来ます。そんな時にはタクシー会社へしつっこく電話をかけて、何としてでもその日のうちに光雄の顔を見ないことには承知しません。夜中の二時でも三時でも根気よくベルを鳴らしつづけます。ベルの音が家じゅうに響き渡らないように、紙や布を挟みますのは、昔の初たちと同様でした。朋輩たちは愛憎を尽かして、疾《と》うに女中部屋へ引き上げて寝てしまいますが、銀はいっかな諦めません。とうとう光雄が根負けをして、睡い眼をこすりこすり呼び起されて、仕方がなしに一キロの夜道を歩いて来ます。待ち構えていた銀は石段の途中で取ッ摑まえて、忽ち激しい痴話喧嘩になります。光雄はものの云い方が粗暴であるのみならず、少し舌足らずのところがありまして、

そうペラペラと流暢にしゃべることが出来ませんので、喧嘩になると口より先に手が出てしまいます。それでお互に打ったり殴ったり引っ掻いたりの騒ぎになります。尤も、焼餅を焼くのは銀の方からとは限りません。光雄とこう云う関係になります前に、彼女は一時熱海の昭和タクシーに仲好しの人がありました。その男とはほんのちょっとした附き合いであったに過ぎず、直きに切れてしまったのですが、光雄はそれを知っていまして、銀の嫉妬があまり激しいと、あべこべに嫉妬し返しますので、一層騒ぎが大きくなります。

千倉家の山荘は、下から登って行きますと、興亜観音へ通う石段の右側にありまして、ちょうどそれと向い合せの左側に、磊吉の山荘よりはずっと宏壮な別荘があります。最近はこれが歌手の瀬川ミチオのものになりまして、ときどき静養に来ているようですが、以前は某私鉄会社の社長のものであったとやらで、殆ど一年中空家になっていまして、磊吉たちは嘗て雨戸が開いていたのを見たことがありませんでした。母屋《おもや》の前は一帯の芝生になっていまして、大きな一本の楠が鬱蒼《うっそう》と枝をひろげて聳《そび》えていますのが、こちらの山荘の縁側からも望めます。ところでこの、空別荘も同然の屋敷の庭が、銀と光雄のために恰好なランデブーの場所を提供していました。二人がゆっくり会見を楽しもうと云う場合には、この空家の別荘の庭に紛れ込んで時を過すのでした。ここなら夜は勿論、昼日中《ひるひなか》でも人に咎《とが》められることはありません。抱き合いでも、殴り合いでも、いちゃつき合いでも、勝手放題なことが出来るのでした。

或る時、銀の書きつぶしの手紙の切れ端が落ちていましたのを、朋輩の一人が拾ったことがありました。何気なく眼を留めて見ますと、それは銀が国許の祖母のところへ送るものらしく、「是非とも入用のことが出来たから、至急にお金を三十万円都合してくれ」と書いてあるのでした。どうして銀にそんな大金が必要なのかと、朋輩たちは訝《あや》しみましたが、実は光雄が分不相応な借銭を作って弱っていた折なのでした。と云いますのは、彼にはたちの悪い友達が附いていまして、おりおり内証で勝負事に出かける癖がありました。友達はみんなその方の玄人《くろうと》ですから、そんな仲間を相手にしても勝つことはめったにありません。たまに飴をしゃぶらされることもありますけれども、大概は負けて帰って来ますので、そのたびごとに借銭が殖え、取り返そうと焦れば焦るほど反対の結果を招いて、いつの間にか六七十万円の背負い込みになっていました。銀が何とかしてやくざの社会から足を洗わせようと、泣いて意見しましたことは云うまでもありません。彼女が祖母に申し込みました三十万円も、それを消却の一部に当てて、彼を泥沼から救い上げようとしたらしいのですが、祖母も理由の分らない左様な金を容易に出す筈はありませんでした。

「ああ困った、今日じゅうに五万円どうかならねえかな」

と、光雄は出しぬけにそんなことを云ったこともありました。

「五万円どうするのよ」

「その金がねえと、己《おら》あ大変なことになるんだ」

「大変なことって？」

「己あ手を詰められる」

「手を詰められるって、どんなことなの？」

「指を切られるんだ」

「どうしても五万円なけりゃいけないの？」

「この約束は守らなきゃならねえ。彼奴等の仲間はなかなか規則が厳重なんだ。一旦約束したことは必ず守る。金が出来なかったら手を詰められる。あの仲間へ這入ったら誰でもそれを覚悟している」

「なぜそんな仲間に這入ったのよ」

「今更そう云ったって仕様がねえや」

「いつまでに拵えればいいの？」

「今日じゅうに」

「二三日待って貰えないの？」

「絶対に待ってくれねえ、最初からそれが条件なんだ」

鹿児島の銀の実家が割合に裕福であることは前に述べました。彼女が千倉家へ来ました当座の給料は月三千円でしたが、後には三千五百円貰っていました。その外に月々千円から二千円くらい祖母から小遣いを送って来ます。請求すればもっと沢山送って来ることもあります。ですから銀は朋輩たちの中では誰よりも金廻りがいい筈でしたけれども、今ではその金の大部分を光雄に入れ揚げていました。何よりも先ず、毎日のように支払う自動車賃が相当の額でした。気っぷのいい光雄は自動車賃を渡しても「己あこんなものは要らねえ」と突き返しましたが、現金なもので、痴話喧嘩をした後では黙って受け取りました。直接光雄には払わないでも、彼を縛っておくために朋輩に自動車を奢ってやる金が、積り積って馬鹿にならない額になります。光雄はビールが好きでしたから、彼女はしばしばビール壜を抱えて石段を下りて行きました。来る時間が分っていますと、予め用意したビールを、そっと台所の冷蔵庫を借りて冷やしておくこともありました。街の洋品店でしゃれたネクタイを買ってやることもありました。それやこれやで、彼女の貯金帳には昨今一文も残っていません。ですから今日じゅうに五万円の金を工面することなど、及びもつきませんでした。

「何処かで借りられないかしら」

「己あ八方塞がりだ、お前《めえ》どうにかしてくれねえか」

「困ったわねえ」

銀は暫く考えて、ふと一案を思い出しました。

「出来るかどうか分らないけれど、兎に角鈴さんに話して見よう」

「鈴さんにそんな金があるのか」

「光雄さん、あんた、そのお金を借りたとして、大丈夫返す当てがあるの？」

「大丈夫返す、一遍に返せないでも二度ぐらいにして返す。二箇月待ってくれればいい」

「ほんとうに返すんだね、きっと約束してくれるわね、そうしてくれないと、あたし立つ瀬がなくなってしまう」

銀の考と云うのはこうでした。国道から湘碧山房の方へ上って行く曲り角のところに、嘯月楼《しょうげつろう》と云う旅館があります。そこの番頭——女中たちは「お帳場さん」と呼んでいました、——に、長谷川清造と云う青年がいました。銀は鈴がその青年と懇意な仲であることを知っていましたし、長谷川が小金を持っているらしいことも察していました。それで、窮余の一策として、鈴から長谷川に頼んでみたらと、そう思いついたのでした。

「いいわ、私から話してみるわ、あの人、多分承知すると思うわ」

鈴は早速出て行きましたが、間もなく一万円札を五枚持って帰って来ました。

「ありがと、ありがと、これで光雄さんの指が助かる。この恩は決して忘れない」

「そんなことより、光雄さんにやくざから足を洗わせなさいよ、それを実行するまでは、結婚の約束なんかしちゃ駄目よ」

この長谷川が、後に鈴と結婚することになるのですが、こう云う事件が縁を取り持ったのかも知れません。

さて、この辺で、銀の有力な競争者であるもう一人の女性を登場させることになります。

その女性の名は百合と云います。百合が始めて千倉家へ奉公に来ましたのは、鈴と同時代で、鈴より二三箇月先だったかも知れませんから、磊吉たちの本邸がまだ下鴨にあった頃でした。この物語の中では今まで顔を出しませんでしたが、それは続けて千倉家に勤めていたのではなく、途中でたびたび出たり這入ったりして、臀《しり》が落ち着かなかったからです。実を云いますと、磊吉はこの児が贔屓でした。或る場合には銀よりも鈴よりも好きでした。一時、京都時代には、百合と連れ立って河原町辺を歩いたり、映画見物したりするのが何より楽しく、百合以外の者を誘ったことはない程でした。そう云っても、銀や鈴のような美人だったのではありません。年は鈴より一つ下でしたから、銀よりは一つ上であった筈です。小柄で、この二人よりは背が心持低く、円顔の、横に平べったい、所謂盤台面《ばんだいづら》で、自分でもそれは認めていました。但し、色は真っ白で、小太りに肥えていまして、手脚の恰好も醜くはなく、足が子供のように可愛く、体つきには艶っぽさがありました。そう云えば、顔に一つの特徴がありました。と云いますのは、右の眼の目頭《めがしら》の、眼からほんの僅か、半ミリほど離れたところに小さな小さな黒子《ほくろ》がありました。余り小さな黒子なので、黒子とは思わず、鼻糞か何かが喰っ着いていると思った人が多かったでしょう。磊吉もいつか間違えて、

「おい、そこに何か着いているよ」

と、自分の手で払い除けようとしたことがありました。

磊吉が誰にも増して彼女と散歩したがりましたのは、彼女が一番朗《ほが》かで、快活で、主人に対して無遠慮だったからでした。外の女中たちは、たとえば初のような古顔でも、又鈴のような場馴れた者でも、磊吉と二人で外へ出ますと、どうしてもいくらかの遠慮がありました。磊吉の方から話しかけますと、澱みなく答えはしますけれども、自分の方から話しかけることはめったにしません。又磊吉が滑稽なことを云いかけましても、声を挙げてアハアハ笑ったりはしません。笑っても控え目に笑うだけです。百合は面白いことがあれば自分の方から進んで話しかけ、時に依っては磊吉を冷やかしたり交ぜっ返したりして、退屈させることがありません。讃子は磊吉が気分を若々しく保つように、祇園の舞妓でも可愛がったらと云いましたけれども、磊吉にしてみれば、そんな者は却て此方が気を遣って叶わない、それより百合を相手にしている方が気が晴れると云うのでした。

百合は結構磊吉の相手が出来るくらいですから、目先の利く、人の顔色を読むことの早い、利口な娘であったことは云うまでもありません。ですがそう云う女だけに、素直とは云え

ないところがあり、お天気屋で、好き嫌いが激しく、傲慢な癖がありまして、磊吉ともよく衝突しました。気が向くとひどく上機嫌で親切にしてくれますが、気に喰わないとなると、ぷーんと面を膨らして何とも云えない険悪な相になります。讃子も始終腹を立てていましたが、朋輩たちの間の評判の悪さと云ったらありません。磊吉のお気に入りであるのを笠に着て威張り散らし、後輩の女中を頤《あご》で使います。鈴なども二三箇月の後輩だったお蔭で、ときどき彼女にいじめられていました。おまけに彼女は、定と反対に極端な動物嫌いでした。犬猫を厭がる奉公人はいますけれども、百合は厭がるどころではなく、積極的に彼等を迫害するのでした。

「畜生！」

と云って、猫が傍へ寄って来ると、蹴飛ばしたり突き飛ばしたりします。

「百合さんがいたら私はとても勤まらないから、お暇を戴く」と云う声が、女中部屋から起ったことも一度や二度ではありませんでした。

「百合さん、お前帰っておくれ」

と、突然磊吉が宣告を下します。

「君は実に利口で、映画を見ても要所々々がよく分るし、字を書かせれば上手だし、洋裁の心得があって何でも素早く器用に縫うし、実に惜しい人なんだけれども、困ったことには家じゅうの人との折合が悪い。僕は君にいて貰いたくって溜らないんだが、残念ながら出て行って貰うより仕方がない。その性質を改めてくれたら、いつでも又来て貰いたいんだが」

そう云うと百合は、改めますから置いて下さいと云うような弱音は吐きません、では出て行きますと、その場で直ぐに仕度をしてあっさり行ってしまいます。

そう云うことが二三度あった筈ですが、自分の方から戻って来たことは一度もありません、結局磊吉が顔を見ずにはいられなくなって、

「君を追い出して悪かったね」と、降参の手紙を出すのでしたが、それでも直ぐにおいそれとは云うことを聴きません、たびたび催促させておいて、漸く御神輿《おみこし》を上げるのでした。

## 第十六回

百合の顔だちを盤台面だと云いましたが、彼女の顔にはもう一つ争えない特色がありました。ああ云う横に平べったい顔は東京の下町、本所深川辺の女にもしばしば見受けられま

すが、江戸育ちと大阪育ちとでは同じ盤台面でも何処か感じが違います。大阪の方が東京のよりも南国的で、楽天的で、陽気な趣があるような気がします。磊吉は東京育ちですが、妻の讃子の一族が生粋の大阪生れであるせいか、女性に関する限り、大阪女の方が好きでした。百合を千倉家へ世話してくれた人は、これも大阪女の讃子の従妹《いとこ》で、

「この児は大阪生れですさかい、きっと姉さんのお気に入りまっしゃろう」

と、そう云って連れて来たのでした。いかにも彼女はひと眼でそれと分る大阪顔をしていました。

「やっぱり大阪の娘はええなあ。肌ざわりが柔こうて、田舎育ちとは違うている」

と、讃子もその当座はたいそう喜んだものでした。

百合が生れましたのは、大阪市の新淀川を西に越えた、兵庫県に近い西淀川区の姫島あたりだと云うことです。父はあの辺で魚商を営んでいたのだそうですが、商売が巧く行かないので家を畳み、一家を挙げて九州の福岡県へ移りまして大牟田の炭坑に勤めるようになりました。それは戦争の始まった年頃で、百合が小学校一年生の時だったそうですから、彼女は幼少時代から年頃になるまでの大部分を、九州の炭坑町で送った訳です。それでいて彼女が大阪人の肌合いを失わずにいたと云うのは、珍重すべきことかも知れません。百合は長女で、一人の弟と二人の妹がありました。両親の外に祖母が健在で、その祖母が彼女一人を特別に偏愛したそうです。百合が今のような性格になりましたのには、それが大

きな影響を与えていると思われます。この祖母と云う人は、もと西宮市の或る病院の看護婦長をしていたことがあるくらいですから、ものの道理の分らない婦人ではない筈ですが、どう云う訳か長女の百合を盲愛して、他の三人の弟や妹たちを虐待しました。衣類、食物なども、百合だけは他の三人と違っていました。欲しいものは何でも買ってやりました。母親がその不公平を詰《なじ》って公平に扱おうとしますと、「なぜ百合にこんなものを食べさせた」とか「こんな着物を着せた」とか云って、祖母は却て母を叱りました。百合が奉公に来ました時、磊吉が先ず感心しましたのは、暇があると毛筆で半紙や古新聞紙の上に習字の稽古をしていたことですが、それはその祖母のお仕込みで、百合のために習字の先生を家に招いていたこともあるそうです。一般の女中は毛筆で巻紙へ手紙をしたためる心得などはありませんが、百合はその技能を具えていまして、草書や行書のくずし方などもひと通り知っていました。ちょうどその頃、鈴も磊吉に文字を教えて貰っていまして、夜になると女中部屋でノートブックに文字の練

習をしていることがありましたが、百合はその下手糞さ加減に呆れてときどき磊吉を冷やかしていました。

「先生、鈴さんのあの字、いったい何よ」

「何よって、何さ」

百合はぷっと吹き出して、

「なんぼなんでもあれはひどいわ、誰にお出しになるにしたって、あんな字で代筆おさせになったら先生の恥だわ、先の人にも失礼だわ」

「誰もあの児に代筆させるって云ってやしないさ、君がいるのにそんな必要はありゃしないさ」

「そんならいいけど」

「君が笑うのは尤もだが、あれでも一生懸命なんだよ、今に上手にならないとは限らない。君は生れつき手筋がいいんだから、君のような訳には行くまいがね」

祖母は彼女が中学を卒業しますと、洋裁学校へ入学させてそこの課程を終えさせました。どこの学校でも成績は優良で、儕輩《せいはい》をぬきんでていたと云います。書が巧みで、文字の知識があって、その上裁ち縫いの道に精《くわ》しかったのですから、奉公に来ても威張ったのは無理もありません。

方向音痴と云う言葉がありますが、彼女がそれでした。銀座の並木通りのケテルと云うドイツ人の食料品店、――磊吉たちは東京へ出ますと、よくあの店へソーセージを買いにやるのですが、百合はあの店へ満足に行き着いたためしがありません。そのくせ人にものを尋ねることが嫌いなので、尚更道に迷うのです。そんな工合で、とうとう行先が分らずじまいで、買物が出来ずに帰って来ることがたびたびありました。

芝虎ノ門と麹町の紀尾井町とに福田家と云う旅館があります。そこが磊吉の東京に於ける定宿でした。書き物などをします時は紀尾井町の方が静かなので、そちらへ泊ることにしていましたが、或る時原稿を口述するために百合を招いたことがありました。ところで百合は、新橋駅に近い虎ノ門の福田家は知っていましたが、紀尾井町へは行ったことがありませんので、行きがけに虎ノ門へ立ち寄って紀尾井町への道順を尋ねました。虎ノ門の「おなみさん」と云う女中頭は、百合の方向音痴の癖を知っていましたので、赤坂見附で都電を下りて、弁慶橋へ出て、それからこうこうこう云う風にと、噛んで含めるように教えたと云います。磊吉も電話で委《くわ》しく説明しまして、ほんの僅かな距離ではあるし、ややこしい曲り角がある訳ではなし、片側が土手に沿うていますし、間違えようはないと思っていたのですが、いくら待っても来てくれません。余程経ってから漸く現れましたので、聞いてみますと、弁慶橋の交番の前を、参考書を詰めたトランクを提げてしきりにウロウロしていましたので、家出娘ではないのかと訝しまれて、取り調べられていたのだそうです。最初は百合も主人の名前を出さないようにしていましたが、巡査がいよいよ不審がるので、トランクの内容を見せて磊吉の名を云った、そうしたら急に態度が改まって旅館の前まで親切に連れて来てくれたと云います。その折磊吉は百合と差向いに机に坐って、二三日も口述をつづけましたでしょうか。彼は彼女を可愛らしいと思ったことはありましても、美しいと思ったことはめったにありませんでしたが、彼女が原稿用紙の上に俯向いてペンを走らせている時の頤《あご》の線を、その日は馬鹿に美しいと感じたことがありました。音楽にかけても彼女は相当の音痴でした。唄うことは好きな方で、いろいろの歌謡曲を口にしてはいましたけれども、可なりな調子はずれでした。そう云えば、高橋貞二が御贔屓でしたが、又妙に縁がありまして、銀座を歩くと高橋貞二によく行き遇い、「今日も貞二に遇っちゃった」と、得意そうに云っていました。京都から熱海へ来る列車の中で、貞二と一つ車室に乗り合せたことがありましたが、その時は大層な喜び方でした。磊吉も映画に貞二が出て来ますと、自然に百合を思い出したものです。貞二のあの明るい顔つきは成る程百合の好みらしく、出来ることならあのような男と添わせてやりたい気がしました。食物に対する嗜好が又変っていました。祖母は彼女においしいものを食べさせたがったそうですが、贅沢な料理は嫌いでした。ついでながら、千倉家の女中たちは一般に口が奢《おご》っていまして、三度々々の食事はバライエティーに富んでいました。先ず朝は主人たちと同じ味噌汁に大根おろし、熱海名物の七尾の沢庵、それに少量の圧し麦を交ぜた米飯。昼は菠薐草《ほうれんそう》や隠元のおひたし、鶏卵一箇か二箇のプレインオムレツ、昨夜の主人たちの余りものである刺身その他の料理など。朋輩たちの中には煠《いた》め御飯を好く人が多くて、ときどきそれを拵えていましたが、煠め御飯に使う油は、上等なゲッツのサラダオイルで、主人たちの天ぷらを揚げるために二三度使った使い古しを使うのでした。その外に、もやしを煠めたものにカレー粉をまぶしたもの、鱈子《たらこ》、煮豆、刻みずるめ、などもよく食べていました。夜は豚と野菜の煮ころがしか、どろどろの汁にしたもの、これも熱海名物の干物、ウィンナソーセージとキャベツを煠めたもの、牛肉と馬鈴薯のコロッケ、カレーライス、トンカツ、一週に一度ぐらいはすき焼、（断っておきますが、これらはすべて主人側の負担で、医療費、石鹼類、等もそうでした）まあそう云った程度でしたが、百合はすべて濃厚なものを好きませんでした。尤も朝の食事だけは、飯だと腹が張って困ると云ってパン食を取り、バタもマーガリンでなく、雪印を使っていましたが、淡泊趣味の彼女は面倒臭くなると、しばしば生葱と大根おろしに醤油を打っかけて、飯にまぶして食べたりしていました。磊吉は二三度彼女を芝田村町の中華料理へ誘ったことがありますが、外の料理には眼もくれず、あの中国の漬物、あの、口が曲るよう

に辛い、ヒネ沢庵に似た漬物を、「旨い、旨い」と云ってお茶漬で掻っ込むのでした。ですから、京都や東京の旨いもの屋へ連れて行きましても、一向嬉しそうな顔をしません。鈴を喰いもの屋へ連れて行くのは楽しみでしたが、百合と一緒では張合がありませんでした。

雑誌は「平凡」と「明星」を愛読していましたが、「谷崎源氏」なども全部揃えて持っていました。女中たちは便所のことを「別荘」と云っていまして、百合の別荘行きは有名になっていました。なぜなら、彼女が「別荘」へ行きますと、四十分ぐらいは出て来ないのが常で、その間夢中で本を読んでいるのでした。傍若無人で勝手に振舞ってはいましたけれども、さりとて決して怠け者ではありませんでした。気が向くと気狂いのように働き出して、部屋と云う部屋を掃除して廻り、塵っ葉一つとどめないように綺麗にしました。そして極端に癇症《かんしょう》でした。潔癖の点にかけましては昔の初に劣らないくらいで、身だしなみがよかったために肌の白さ

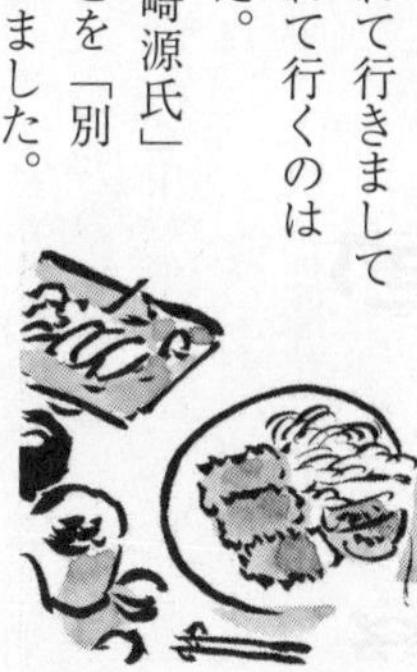

が一層冴えて見えました。それも磊吉のお気に入りになった理由の一つと云えましょう。気象がキビキビしていましたので、男性との応対などもさっぱりしていまして、でれでれしたところは少しもありませんでした。銀との競争で光雄といろいろないきさつがあったようですけれども、イヤらしいことは大嫌いでしたから、そう云う点でも競争に負ける結果を招いたかも知れません。光雄と百合との間には、最後まで肉体的な関係はなしに終ったに違いありません。

彼女の祖母が、そんなに溺愛していました孫娘を手放して、女中奉公に出しましたのは、定めしそうしなければならない苦しい事情があったのでしょうが、彼女が下鴨へ来ました時は、それこそほんとうの着のみ着のままで、持ち物と云っては何一つありませんでした。スカートを濡らしても着替がないので、仕方なく睦子が着古したスカートを与えたことが、未だに一つ話になっています。ところがそれから五六年経って千倉家を出る時分には、朋輩じゅうで一番の衣裳持ちになりまして、いつでも結婚出来るほどの仕度が整い、荷物で一杯の行李が何箇あったか知れませんでした。それもその筈、途中で何度も主人たちと喧嘩をしては出たり這入ったりしましたので、そのたびごとに餞別として給料以外の慰労金を贈られ、讃子、鳰子、絖子、睦子たちからさまざまな和服、洋服、長襦袢、ブラウス、スカート、セーター、カーディガン、ハンドバッグ、こまごましたアクセサリーの類を貰いましたので、そう云うものが積り積って大変な嵩になっていたのでした。その間には見よう見真似に都会の化粧法なども覚え込みましたので、以前は見るも哀れな恰好をしていましたのが、後にはまるで別人のようなしゃれたお嬢さんになっていました。もう九州の炭坑から来た娘ではなく、何処から見てもいっぱしの大阪娘でした。自分にも己惚《うぬぼ》れが出て来まして、用のあいまには美容院へ通っていました。それも分相応の所では満足出来ず、四条河原町角の鐘紡《かねぼう》のサービスステーションなどへ行きます。讃子はおりおり百合と擦れ違うと、ゲランの香水の匂いがするのに気づきましたが、恐らく讃子の化粧部屋から失敬しているのに違いないのでした。そう思って見ると、口紅もコールドクリームもエリザベスアーデンの品らしく、やはり主人の鏡台のものを、そっと使っているのでした。話の順序があとさきになりますけれども、銀と恋人を争った事件は後段に譲るとしまして、このついでに百合の後日談を述べておきましょう。

磊吉に可愛がられていますうちに、百合はだんだん望みが大きくなりまして、東京へ出たい、東京へ出て、誰か映画女優のところで使って貰いたい、それもただの女中でなく、主人のお供で撮影所やロケーションなどに附いて行く役、つまり女優の附人《つきびと》になりたいと云い出すようになりました。これは磊吉夫婦がそう云う方面と交際がありますのを頼みにしてのことなのでした。いかさま、彼女ならそう云う方面に使って使えないことはないし、随分重宝な場合もあろう、しかし何分にも、お天気屋で傲慢な癖が未だに直らない、却て前より余計生意気になったような傾きもある、女優たちの中でも親類同様に附き合っている高嶺飛騨子《たかねひだこ》が人を捜している際でもあるから、或は使ってくれるかも知れないし、当人の喜びは申すまでもないが、欠点の多い女だけに心配である、「ダコちゃん」と云えば一流も一流、一流中の大女優であるから、そんなところに雇われてますます図に乗られても困る、と、磊吉たちはそう思わないでもありませんでした。従来の関係が関係であるから、磊吉から話を持って行けば、飛騨子はイヤと云いにくいので、気が進まないでも採用するかも知れない、そうなっては磊吉としても不本意である、と云うことも考えました。ですが高嶺家へ世話してやったら、どんなに百合が喜ぶであろう、折角この上もない口があるのに、それを彼女に隠しておくのも可哀そうだ、なろうことなら喜ぶ顔を見てやりたい、――そう云う気持が、夫婦に強く働いたことは事実でした。そして或る日、讃子が高嶺家を訪れて、百合の長所と短所とを余すところなく打ち明けた上で、使って貰うことにしたのでした。

百合が飛騨子の女中兼附人として高嶺家へ住み込むようになりましたのは、三十一年の夏頃だったと思いますが、まだその時は光雄との縁が切れていた訳ではありませんでした。光雄は銀と結婚する間際まで、

「己あ決してあんな女たあ結婚しねえ、あんな眉間に疵のある女なんか真っ平だ。きっと結婚の式場から逃げて来る」

と、百合に約束していましたが、ひょっとしますと、満更の出鱈目ではなく、最初はいく

らかそんな気があったのかも知れません。

## 第十七回

讃子が始めて百合をダコちゃん方へ連れて行きました時は、有名な女優にお目見えさせますのにいささか身なりが貧弱なように思えましたので、高島屋へ寄って似合いそうなブラウスを求め、化粧室で着かえさせてから出かけました。彼女を預けて讃子が暇を告げようとしますと、玄関まで送って出た飛驒子のうしろに彼女も立っていましたが、柄にもなく眼に涙を浮かべていました。日頃強情っ張りの百合もさすがに心細かったのでしょうが、あの傲慢な女にもこんな一面があるのかと、讃子は意外に感じました。

ダコちゃんが使ってみますと、たしかに役には立ちました。簡単な肌着ぐらいは訳なく縫ってくれますし、端書の代筆ぐらいなら雑作なく書きますし、それに何よりも便利なのは、千倉家のお仕込みでひと通り料理の心得があることでした。百合も年来の宿願が叶って見

事大女優の附人になったのですから、親たちや友達にも自慢が出来、昔の朋輩たちを見返してやることが出来ました。撮影が始まりますと、彼女は毎日ドーランその他の化粧道具を入れた鞄を持ち、ダコちゃんの自家用車に同乗して撮影所へ通います。ロケーションともなれば北海道へでも九州へでもお供します。遠距離へ行きます時は、下っ端の俳優たちは二等車ですが、ダコちゃんは飛行機です。百合も附人であるからには特別扱いで、同じ飛行機の隣りの席を与えられます。間もなく彼女は日本国じゅうを隈なく飛び廻り、知らない土地はないくらいになりました。ホテルに泊れば食堂の同じテーブルに並んで掛け、同じメニューの食事をあてがわれます。多分この時代が、彼女としては得意の絶頂だったでしょう。将来どんな結構なところへ嫁に行けたにしましたところで、もう二度とこんな時代に出遇うことはないでしょう。

しかし磊吉たちがかねて心配していましたように、追い追いと地金が出まして、彼女は馬脚を露わして来ました。飛驒子が一番当惑しましたのは、撮影所で下っ端の俳優たちを馬鹿にしまして、見くだした言葉を使うことでした。恰《あたか》も自分が飛驒子と同等の地位にあるような気持になるとみえまして、飛驒子が物を云うような言葉遣いで彼等に話しかけるのでした。相手は彼女を生意気な奴と思いますけれども、飛驒子に遠慮して虫を怺えます。飛驒子の身になれば、それが溜らないのでした。自分が百合にそうさせているかのように取られそうで、迷惑この上もありません。そう云う癖を改めるようにたびたび注意するのですけれども、その場になると、ついそれを忘れてしまうのです。高嶺家には百合の外に、古くからいる小母《おば》さんの女中と運転手とがいるのですが、その人たちにも威張りちらします。殊に運転手に辛く当り、まるで自分が主人ででもあるように突慳貪《つっけんどん》に用を命じます。その運転手が又おとなしい男で、怒りもせずに云うことを聴いているのでした。

「そんなことになりゃしないかと思ってたんですよ。飛んだ御迷惑をかけてしまって、何とも申し訳がありません。そんな風だったら、構わないから直ぐ暇を出して下さい、当人のためにもなりません」

讃子は幾度かそう云いましたが、幼い時から苦労をし抜いて今日の地位を築き上げたダコちゃんは、人情に脆《もろ》いところがあって、一旦雇い入れた者には不憫《ふびん》がかかり、困りながらも追い出す気にはなりません。

「そう云うけれども、あれでなかなかいいところもあるのよ、今『ゆりちゃん』にいなくなられると、差当り代りがないしね」

などと云いながら使っているのでした。ですから百合は、「私がいなけ

りゃどうにもならないんだ」と、云う風に思うらしいのです。ロケーションの時、彼女の好きな男優が飛行機に同乗することがあります。すると百合は附人である役目を忘れて、飛驒子の隣りの席を離れて、その男優の隣りへ行ってしまうのでした。札幌のグランドホテルではこんなことがありました。例に依って食堂に案内されまして、飛驒子と差向いのテーブルに就き、晩餐のメニューを見せられました。淡泊趣味の彼女は洋食が苦手なので、メニューを出されるといつも機嫌が悪いのですが、その日は余程虫のいどころが悪かったのか、ひどくプリプリしてものも云いません。飛驒子が注文を出してしまっても、彼女は黙って膨れています。

「どうしたの、ゆりちゃん、あんた何を食べるの？」

仕方がないので、飛驒子の方から尋ねました。

「あたし、なんにも戴きません」

「何か食べたらいいじゃないの」

「あたしの食べるものなんか、何もありゃしない」

「だって、お腹が減るわよ」

「よござんすわ、部屋へ帰ってからお鮨でも取りますわ」

万事がこんな調子でした。

病身な磊吉夫婦は日に何回となくいろいろな薬を飲みましたので、百合も薬品のことに委《くわ》しくなっていました。それで無闇に薬を飲むことを飛騨子に勧めました。食事の後では胃腸薬としてゼットP、鼻が詰まるとクロールトリメトン、疲労回復にはビタミンBやグロンサン、睡眠薬にはアダリン、ルミナール、ラボナ、と云った工合ですが、飛騨子は生れつき健康な体質で、平生持薬を用いたことがありませんので、

「私は何処も悪いところはないんだから、そんなものは要らないよ」

と云いますと、それで又機嫌を悪くします。そして、無理にでも何かを飲ませずにはおきません。時にはあべこべに飛騨子の方が彼女の御機嫌を取るようになります。

ボーダーコリーと云う犬の一種があります。普通のコリーはあまねく人に知られていますが、ボーダーコリーはめったに見かけません。犬屋でもその名を知らない人があります。この犬は一匹で多数の羊の群を率いて行く性能を持っていますので、羊の牧場にはなくてならないものですが、千倉家では先年この犬をひと番《つがい》、福島県下のたしか農林省所有の牧場から分けて貰ったことがありました。するとまもなく仔犬が生れましたので、その一匹を高嶺家へ贈りました。ちょうど高嶺夫妻がひと月ばかりアメリカへ旅行する折でしたので、かえすがえすも留守中は仔犬に気をつけてくれるように、――百合の犬猫嫌いのことをかねがね知っていましたので、くれぐれも大切に育ててくれるように云い含めて出発したのでしたが、夫妻が帰って来て見ますと、あれ程頼んだ甲斐もなく仔犬は死んでいたのでした。聞いてみますと、百合が虐待の限りを尽して、寒中に戸外へ放り出しておいた

のでした。この時ばかりは、飛驒子は勿論、良人の夏山源三氏までが可哀そうで泣いたと云います。

人のいい高嶺夫妻はときどき腹に据えかねて帰って貰おうと思いながらも、又気が変って使っていましたが、やがて彼女に一つの事件が起りました。と云いますのは、今から一年余り前の或る日、彼女の父が大牟田の炭坑で落磐で死んだと云う報知が来たのでした。その死に方がまことに悲惨で、ぺったりと平べったく岩にへばり着いて死んでいた、脳天から頤《あご》へかけて鉄の棒のようなものが真っ直ぐに突き刺さっていた、十字架のキリストのように太い釘のようなものが足にも打ち込まれていた、だから死ぬ時はひと息に死んでしまったのだろう、と云うことでした。そんな事件がありましてから、百合の一族は九州にいても仕方がないので、故郷の大阪へ帰って来まして、会社から贈られた百万円以上の慰労金を資本に果物屋を開業しました。百合はそれでもまだ東京に未練がありまして、高嶺家に残っていたかったようでしたが、そういつまでも夏山先生御夫妻に御迷惑をかけるではない、ぐずぐずしていれば結婚しそこなってしまう、早く帰って来て親を安心させるがい い、大阪になら嫁の口がいくらでもある、と、母や親戚の叔父叔母たちも、高嶺夫妻も、千倉夫妻も、しきりにそう云ってすすめますので、遂に思い切って親の許へ引き揚げて行きましたのは、去年の春のことでした。

百合は今故郷の淀川べりの家にいて、大阪の或る会社に勤め口を見つけ、そこに通っているようです。方々から結婚の申込がありまして、二三度見合いをしたこともあり、中には随分好条件の、彼女には勿体ない程の話もあったようなのですが、「大阪の男は低級だ」とばかり、どれもこれも気に入らないで撥ねつけてしまいました。何を云うにも東京の撮影所で颯爽とした男性を見馴れていますので、自然と気位が高くなりまして、将来有望な映画の助監督の奥さんあたりを夢みているようですが、そんな訳には行く筈がありません。もういい加減に儚《はか》ない夢は諦めて、適当な相手があったら大阪で嫁に行きなさい、法外の望みさえ抱かなければ、君は結構何処へ出しても恥しくない、立派なお嫁さんになれる資格があるのだからと、目下みんなで熱心に翻意させようとしている最中なのです。

それはそうと、熱海時代でさえ昔の面影を留めないくらいに磨きがかかりましたのに、それから又二三年も高嶺家に勤め、東京の粋の粋とも云うべき社会に毎日出入りしていましたので、更に一段と女っぷりも上っていました。もう銀座通りを歩かせましても、五分の隙もない、イキで気の利いたお嬢さんでした。その上いろいろの機会に飛驒子からの貰いものが大変でした。それもありきたりの平凡な品物ではありません。高嶺夫妻がアメリカ、フランス等へ旅行するたびに持ち帰った土産物の中から、珍しいものをいくつも分けて貰っています。行李の数はますます殖えるばかりでした。

後日談が長くなりましたが、ここで話を前に戻しまして、銀との恋愛競争の件に移ります。光雄と親密になりましたのは、銀と彼女と二人のうちの孰方《どちら》が先であったかと云いますと、それは銀の方でした。銀の母親から病気と云う知らせがありまして、銀が一時鹿児島へ帰省していた期間があります。その隙に光雄が百合に働きかけたのが最初でした。光雄は常日頃から、男性の象徴たる一物の偉大であることを自慢にしていまして、ややともするとそれを異性に見せびらかす癖がありましたが、或る時いつもの石段の途中で、百合にその手を用いたのでした。百合は腹を立てて、

「この助平野郎！」

と怒鳴りましたが、それがキッカケでどうなったと云うこともありませんでした。程なく銀は鹿児島から帰って来ましたが、光雄は相変らず百合との交際をつづけていました。しかも一方では銀とも切れた訳ではありません。依然として前の通りに附き合っていました。銀がその三角関係に感づかない筈はありません。一軒の家に二人の恋人が住んでいたことになりますが、主人の手前がありますから、二人はさすがにそ知らぬ顔で、云い争ったり、摑み合いをしたりしたことはありませんでした。その代り、銀には鈴が味方をし、百合には駒が味方をしまして、それとなく光雄の動静を探っては負けず劣らず報告していました。

百合が銀に後《おく》れを取りましたのには、前に挙げた理由の外にもいろいろあると思いますが、何と云っても銀のような執拗さが欠けていました。銀と光雄の間にはさまざまな一つ話に残るような事件がありますが、百合との間には別にこれと云うほどの挿話が伝わっていま

せん。彼女と彼とはどういう所で重《おも》に逢っていたかと云いますと、せいぜい往き復りの自動車の中とか、たまに喫茶店で茶を飲み合うぐらいに過ぎませんでした。

その自動車について面白い話があります。銀は自分以外の女中が街へ使いに行きます時、普通ならバスを利用しますのに、そうさせないで必ず光雄の自動車を利用させ、それに乗って鳴沢へ帰って来るように頼み、自腹を切って自動車賃を渡しました。ところで、湘碧山房へ登る段々の道が、二つあることは前に述べました。一つは興亜観音へ通う道で、一つは山房の裏庭へ出る道です。下の国道から上って行きますと、第一に裏庭への道の前を通り、次に興亜観音の道の上り口、即ち玉井良平の枝折戸の前に出ます。銀は決って、この第二の段々の中途まで下りて来て待ち構えているのが常でした。ですから銀が段々を下りて行ったなと見ますと、

「百合さん、百合さん、銀さんが出て行ったわよ」

と、駒が百合に知らせます。すると百合が裏庭の段々を駆け下りて行って、ひと足先に光雄を摑まえるのでした。光雄は百合と暫く喃々喋々《なんなんちょうちょう》したあとで、何喰わぬ顔で興亜観音の上り口へ行って銀に逢います。この場合に自動車賃を払いますのはいつでも銀の方でした。たまには百合も払う義理がある筈ですが、チャッカリ屋の百合は一度も払ったことがありませんでした。

百合のやたらに威張りたがる癖、ものの云い方が荒っぽい癖、これも人の誤解を招く因《もと》で

した。電話の話し声などを聞いていますと、何をそんなに怒りつけているのかと驚くことがあります。光雄に対してはそんなでもなかったでしょうが、他人が傍で聞いていますと、どうしても粗暴な女だと思いがちです。尤もそれは口先だけで、決して腹から悪いのではないのです。ものの道理もよく分る、理解のある性質であることは、前に申した通りなのです。

「君はその口の利き方のためによっぽど損をしているのが、自分では分らないのかね、何とかしてその癖を直す訳には行かないもんかね、君のような利口な人が」

と、再三再四磊吉夫婦が口を酸くして云いましたけれども、どうも今以て改まらないようです。光雄と懇意になります前にも、巴屋に好きな人があったようでしたが、それが巧く行きませんでしたのも、あの空威張りが原因の一つだったようです。

光雄にはまだ両親が健在でしたし、姉も妹もいますので、百合のあの口の利き方ではそう云う人人に気に入る筈がありません。光雄さんの所へ行けるなら、自分はどんな苦労でもする、お父さんやお母さんにもぞんざいなもの云いはしない、きっと親孝行をすると云っていましたけれども、誰も真に受ける者はありませんでした。反対に銀は大層光雄の母親に信用されていました。母親は早くから彼女に「足入れ」をしてくれと申し込んでいたくらいでした。そうです、伊豆山から湯河原辺にかけては、古くから「足入れ」の習慣が行われていたのでした。

## 第十八回

光雄の母親と云う人は大層よく出来た、性質のやさしい人で、近所でも評判の女でした。その母親がよくよく銀に惚れ込んだと見えまして、或る日鳴沢の千倉家へ来、折入って讃子に頼んだことがありました。――お聞き及びでもございましょうが、光雄にはやくざの友達が附いておりまして、未だに悪い遊びをいたします、親父も私もたびたび意見をいたしますが、なかなか止めてくれません、これには一家一族が皆心配しているのでございますが、あれを止めさせる力を持っていますのは銀さんより外ございません、銀さんなら光雄をきっと真人間にして下さいます、人間一人を助けると思って、どうか銀さんが来てくれるようになすって下さい、そうして下されば家じゅうで銀さんを大事にします、光雄は女癖も悪うございまして、方々に引っかかりがあるようでございますが、そう云う人々とも手を切らせます、あのバスの車掌さんとは深間になっていたようですが、これは私どもが仲に這入りまして手切れ金を渡し、綺麗さっぱりと解決をつけさせます。――と云うのでした。

銀も勿論それに異存はありませんでした。ありませんどころかこの方は母親以上に熱心で、何が何でも光雄さんの所へ行く、やくざの仲間から足を洗ってくれた方がいいには決っているけれども、そんなことに頓着なく遮二無二《しゃにむに》行く、断じて余所の女になんぞ取らせはしない、取らせてなるものかと云う意気込みでした。が、どう云うものか、肝腎《かんじん》の光雄がはっきりしないのでした。どうかして光雄さんが承知するように、奥さんから説きつけて下さい、うんと云わせて下さいましと、銀は讃子に掌《て》を合わさんばかりにして、涙を流して云いますので、讃子も母親や彼女の情にほだされ、幾度となく光雄を呼びつけまして口説いて見るのですけれども、最後の土壇場に追い詰められると、曖昧に言葉を濁してしまいます。すると又銀が是非もう一度頼んで下さいと、泣いてせがみます。そう云うことが根気よく繰り返された揚句に、讃子はようようのことで光雄を陥落させたのでした。

そうこうするうちに、百合が高嶺家へ行ってしまいましたので、それからの二人はもはや誰にも気がねがなく、おおっぴらで附き合うようになりました。今では光雄は公然と台所から上って来ました。光雄の自動車があの石段の下で止る回数はますます殖えて行きました。光雄は公然と台所から上って来まして、女中部屋へ這入り込んで、銀とさんざんしゃべり込んで行くこともあります。夜おそい時はさすがに上っては来ませんが、例の如く石段の途中や向うの空別荘の庭で何時間でも話しています。湘南タクシーの運転手たちの宿泊所はガレージに隣接していまして、会社の主人夫婦はガレージの二階に寝ています。光雄は夜中の十二時過ぎ、二階の夫婦が寝るのを待って、そっと自動車を引っ張り出して石段の下に駆けつけます。自動車の出て行く音は二階の夫婦にも聞える筈ですが、何処かの旅館から注文が来たのだと思って、訝しみもしません。銀は光雄のことで頭が一杯で、始終ソワソワしていました。何をさせても仕事が手につかず、台所の用も上の空でした。夜夜中《よるよなか》でもこっそり勝手口から出て行きますので、しまいには朋輩たちが治まらなくなり、銀さんをどうにかして下さい、それでなければ私たちが勤まりませんと、讃子に訴える始末でした。

もうこうなっては早く妻《めあ》わせるに限ると、讃子はそう思っていました矢先、光雄の父と母と叔父と、三人が揃って千倉家を訪問しまして、正式に結婚の申込をしました。三人の話に依りますと、光雄も真面目な気持になって、新生活に入る決心をした、問題の七十万円の借銭も悉く精算することが出来た、それも半分は親や親戚が出してやったのですが、残りの半分は光雄が一生懸命に貯金をして作りましたので、彼が心を入れ変えた証拠と思って戴きます、と云うのでした。

運転手として光雄が会社から受け取っていました給料は、月二万円程度だったそうですが、それ以外に客から貰うチップを入れますと、六七万円になりました。何分方々の旅館の女中たちが彼を贔屓にしていまして、お名指しで招きますので、それだけ彼は特別に忙しく、収入も多かったようです。彼はその中から毎日少しずつコツコツと、悪い遊びで拵えた負債を返済して行ったのでした。三十三年の三月に、光雄は銀の祖母や母親に自分がどんな男であるかを知って貰うために、銀と連れ立って鹿児島へ立って行きましたが、もうその時分にいよいよ決心がついていたのでしょう。二人は鹿児島に一週間ほど滞在していましたが、熱海弁と鹿児島弁との通訳はすべて銀が勤めました。そして光雄は、祖母や母親の人物試験に首尾よく及第したのでした。泊の銀の家には噂を聞いて光雄を見るために近所から大勢押し寄せて来ましたが、その人々との気受けもよく、「さすがに銀さんの眼は高い」とあって「よかにせ」だと云う評判が立ちました。

結婚の時期は今年の秋十月、その時は鹿児島から祖母も母もはるばる出て来て列席する、と云うことになりました。二人が三月に鹿児島から帰って来まして、十月に式を挙げますまでの七箇月ほどの間、光雄は従来通り湘南タクシーの運転手を勤め、銀は鳴沢の千倉家で働いていましたが、二人の愛情のこまやかなことは端《はた》の見る眼も羨しい限りでした。女が最も美しく見えるのは恋をしつつある時だと云うことを申しますが、磊吉はあの七箇月の期間中の銀ほどの美しさを、前にも後にも見たことはありません。前から美人ではありましたけれども、あの期間中は特別でした。恋をしているとこんなにも美しくなるものかと、磊吉はしばしば驚くことがありました。眉間の疵など、全く眼にも止りませんでした。

或はそれは「彼女の美しさ」と云うよりも、「恋の美しさ」と云った方がいいかも知れません。そう云う感を抱いたのは磊吉ばかりではありません、讃子も、鳰子も、銚子も、睦子も、皆そう感じました。鳰子はときどき「何と云う美しさだろう」と讃嘆の声を放ち、「一緒にお風呂へ這入って見ると分るんだけれど、何しろ体じゅうの色の白さと云ったらあらへん、ほんまに真っ白やわ」と云っていました。光雄はその前の年の十二月、クリスマス・イブに三千五百円を投じて、明るいブルーのモヘヤのカーディガンを彼女にプレゼントしたことがありましたが、その色あいが実に阿娜《あだ》っぽくてよく似合うので、家にいる時でも始終着ていました。磊吉の眼には未だにあの姿が焼きついています。

磊吉は暇さえあると光雄の自動車に銀を乗せまして、箱根や小田原や鎌倉辺へドライブしました。東京へ行く時のお供は銀に決っていました。その場合は光雄の車ではなく、銀と二人で電車で出かけます。それが楽しみで、用もないのに銀座あたりの百貨店をぶらついたり、日比谷あたりの映画館へ連れて行ったりもしました。或る時銀座四丁目の三越の裏通りに住む友人に用事がありまして、その家を訪ねましたが、わざと五六軒離れた所でタクシーを止め、銀を中に待たせておいて用談を済ませ、暇を告げて出て来ますと、友人が送って出て来まして銀を見つけ、

「君は素晴らしい女優を連れて歩いてるね」

と、冷やかしたことがありました。でも磊吉はただニヤニヤ笑うだけで、内心寧《むし》ろ得意で

した。銀の顔が異様な光を帯びて輝き始めたと同時に、その体質にも一種の変化が現れて来たことに、磊吉も讃子も鳰子も、云わず語らず気がついていました。或る日京都から遊びに来た銚子が、

「銀はもう女になったんじゃないのかしら」

と、ふと口に出したことがありましたが、誰も敢《あえ》て否定する者はいませんでした。後に分ったことですが、磊吉たちの観察はやはり当っていたのでした。銀と光雄とが結納を取り交しましたのは十月朔日《ついたち》のことですが、そのギリギリの間際になって、彼女は漸くその「事実」を讃子に告白したのでした。

彼女と彼とが肉体的に結ばれましたのは、三月に二人が鹿児島の親たちに会いに行きました直前の、或る夜の事だったと云います。銀はいつもの石段のところで彼と出遇い、彼のするがままにされていましたが、生れて始めての経験で、それがどう云うことをされているのか、自分には何も分らなかったと云います。あなた方は双方の親御さんたちの許しを得て、もう結納を取り交すばかりになっているのだから、仮りに間違いがあったとしても、私はあなたをそう強く責めるつもりはない、もしそう云うことがあったのなら、隠さず私に云って

おくれと、讃子が云いますと、

「奥様、申し訳がございません、私は悪いことをいたしました」

と、銀はそう云って、子供のようにワアワア泣きました。讃子がだんだん問い質して行きますと、鹿児島の家に滞在していた一週間の間も、ずっとその行為をつづけていたことを白状しましたが、「足入れ」の習慣のあるあの地方では、親たちの取り締りもあまり厳しくはなかったようです。

銀の朋輩の女中の中での、もう一人の器量好しである鈴は、自信があるせいか落ち着いていまして、浮いた噂など立てられたことはありませんでしたが、銀が結納を取り交したことに刺戟されたのでしょうか、その頃になって嘯月楼の若い「お帳場さん」である長谷川清造に眼をつけるようになりました。銀が光雄を救うために五万円の金策をしました時、鈴の仲介に応じましてそれを調えてやりましたのはこの長谷川なので、鈴と彼とは前から懇意な間柄だったのですが、この頃鈴は真面目に長谷川のことを考えるようになりました。いったい鈴は、最初は熱海で結婚する気はなかったのでした。故郷の滋賀県の真野へ帰って、親たちの世話で嫁ぐつもりでいましたし、親たちもそう考えていたようでした。それをそうでなくさせたのは、讃子がしきりに「この土地で行ったらいいじゃないか」と勧めたからです。讃子がそうするように勧めましたのは、なるべくならいつまでも伊豆山の近所にいて貰いたい、銀も湯河原に行くのだから、鈴も遠くへ行って貰いたくない、と云う気持があったからでした。のみならず、折角都会の風習に馴れたあの美しい賢い娘を、田舎の農家に埋れさせてしまうのは惜しい、と思ったからでした。磊吉も妻に同感でした。夫妻は毎年春と秋に京都へ行き、北白川の飛鳥井家に半月ばかり滞在します時、女中を一人連れて行くことに決めていましたが、大概鈴がその役を勤めました。彼女は大津に近い湖畔の生れで、京都の地理に通じていましたし、京風、東京風、西洋風と、いろいろ料理の作り方を心得ていますので、旅行に同伴しますのには、彼女が一番重宝でした。彼女も亦北白川の飛鳥井家が好きでした。その家は啓助の設計に絖子の工夫が加えてありまして、階下の広間は椅子やソファを置き並べた応接間とダイニング・キッチンになってい、間仕切には一枚のカーテンが引いてあるだけで、普通はそれも一方へ絞ってありました。鈴はそのダイニング・キッチンの、食堂と台所と両方から出し入れ出来るようにしてあるガラス戸の食器棚、オーブンの附いた瓦斯《ガス》レンジ、ステンレス・スチール張りの洗い場、サイドボード、電気冷蔵庫、電話器の置き場所、等々にひどく感心しまして、自分も将来家庭を持ったら、こう云う風な家に住んで、こう云う風な飾りつけをしたい、寝室もここの若奥様がお寝みになっていらっしゃるようなベッドに寝たい、それが私の理想でございますと、口癖のように云っていましたので、そのハイカラ趣味を知っています磊吉たちは、尚更彼女を田舎に帰したくなかったのでした。磊吉夫婦は鈴の人となりについて、よく語り合うことがありました、大概な人間は長所もあれば短所もある、それが普通であるけれども、鈴はすべての能力が比較的平均して発達している、初から始めて、駒でも、定でも、百合でも、銀でも、それぞれになかなか他人が真似られない特徴を具えているけれども、いずれも何処かしらに欠点がないと云うのはない、アラ捜しをすれば鈴にも欠点があるであろうが、彼女にはそれが最も少いように思えると。その代り、そう云う性格の常として、人間に面白味が乏しく、駒や百合や銀に見るような、奇抜な、話の種になるような材料が少いのでした。

彼女は長谷川とそうなる前に、海岸通りの昭和タクシーの運転手にこれはと思う人を見つけまして、それと結婚する気になり、両親の許可を得るために真野へ帰ったことがありましたが、親たちの承諾を取りつけて戻って来ますと、相手の男は返事を待ちかねたのでしょうか、彼女の不在中に別の女性とハイキングに出かけたことが分りましたので、彼女は怒って即座に破談にしてしまいました。長谷川との間柄が本格的になりましたのは、千倉家へ出入りする植木屋の親父《おやじ》が取り持ちをしまして、長谷川のラブレターを鈴に届けたのが始まりでした。植木屋の親父は長谷川に頼まれまして、せっせとレターを運びましたけれども、鈴は割合に筆不精で、おいそれとは返事をしたためず、五回に一回ぐらいしか書きませんでしたので、

「お鈴さんは冷たいねえ」

と、ときどき植木屋に注意されていました。彼女は顔に似合わぬ強気のところがありまし

て、異性に対してもずけずけと物を云い、議論などしましても、一歩も後へ退きませんでした。彼女も長谷川としばしば喧嘩をしたようですが、彼女の場合は銀のような甘ったれた、最後はいちゃつきでケリがつくようなものではなく、相当激しい諍《いさか》いの遣り取りがあったようでした。銀と光雄との会合は興亜観音の石段附近で行われましたが、鈴と長谷川はいつも湘碧山房の裏庭の四阿《あずまや》で逢い、将来の計画を語り合っていました。しかしこの二人は徹頭徹尾清い交際をつづけまして、銀のような間違いは犯しませんでした。

　さゝなみの滋賀の海女《あま》こそかしこけれ
　　捕《とら》へし魚を遂にはなさず

これはこの二人の縁談が纏まりました時、磊吉がそれを祝って、色紙に書いて鈴に贈った一首です。

# 第十九回

長谷川清造と菊池琴子（千倉家での仮の名は鈴）、園田光雄と岩村銀子、この二組の新郎新婦は三十三年の十月十五日、伊豆山権現の神前に於いて式を挙げました。午前中に清造と琴子。媒妁人はこの上もなく清造を信頼していました嘯月楼の主人夫婦、外に清造の郷里群馬県から出て来ました新郎の母親、伊豆山在住の兄夫婦、弟二人、磊吉夫婦、飛鳥井鳰子と同啓助、滋賀県から新婦の父と叔父二人、等々が列席。新郎新婦は式が終ってから別殿に於いて、昼食に吸い物と刺身附の弁当を取りながら質素な披露会を催し、嘯月楼主人と磊吉とが祝辞を述べました。

午後に光雄と銀子。媒妁人は湘南タクシーの主人夫婦、外に湯河原の新郎の両親、姉夫婦、二組の妹夫婦、母方の叔父夫婦、湯河原の隣組組合長と近隣の代表者一人、鹿児島から来た銀の祖母と母、一番末の妹の万里子、磊吉夫婦、鳰子、等々が列席。そして新郎新婦は、式後権現の参道の石段の東側にある母方の叔父の家で、夕刻から夜にかけて、これは地元の人々ですから多人数で賑かな宴を張りました。

琴子の衣裳は、白地の一越縮緬《ひとこしちりめん》に、朱、薄紅《うすくれない》、黄、等々の色で大きな菊華文様《もんよう》に亀甲をあしらった総模様。花菱に亀甲の朱の帯。銀子の衣裳は、これも一越縮緬の総模様。白地に赤と黒を主調に、右肩と膝に大胆な鳳凰《ほうおう》の丸。菊、桐、葵、梅の花の丸。袖に赤地、裾に黒地で、四つ花菱を白抜きにしたもの。そのところどころに箔《はく》が置いてありますのが、よく利いていました。帯は唐織《からおり》で、朱地に金で立涌《たてわく》の中に菊。どちらも熱海の美容院で仕度して来た貸衣裳ですが、こう云うことに気を配る銀は、

「私の衣裳は特別なものにしてくれるように奥さんから仰っしゃって下さい」

と、予め讃子に泣きつきましたので、美容院の院長がそのためわざわざ東京へ出かけ、新奇な貸衣裳を仕込んで来たのでした。ですから銀子は新調も同然の品に手を通した訳で、その容貌が一段と引き立ち、絢爛《けんらん》眼を奪うばかりでした。

長谷川夫婦は、嘯月楼と湘碧山房との中間あたりの山の中腹の、どちらへも二三分の近距離にある一軒の二階家を借りて住むことになりました。清造は朝から夜の十時過ぎまで嘯月楼に勤めていますので、琴子は毎日今まで通り千倉家へ来て台所で働き、昼と夜の食事を済ませてから帰るのでした。名前もやはり「鈴」と呼んで下さいと云いますので、主人清造の諒解の上で、磊吉たちは引きつづき「鈴」と云ったり「お鈴さん」と云ったりしました。彼女が理想の一つにしていました電気冷蔵庫も、間もなく取りつけられました。化粧部屋には千倉家から祝った三面鏡の鏡台が光っていました。二階の納戸には真野の母親から送って来ました緞子《どんす》の夜具布団が積み重ねてありました。

園田方へも、磊吉夫婦から同じような三面鏡の鏡台が届きました。鹿児島の銀の親たちからも立派な荷物が着きましたので、湯河原の家で荷飾りなどをしましたが、光雄はなお当分は湘南タクシーで働くつもりで、あの披露宴を張った叔父の家の一間を借りまして、若夫婦は暫くそこで暮らしていました。それは兎に角、その年の十二月の末に、早くも銀は帯の祝いをすることになりまして、赤飯を配りました。帯の祝いと云うものは、妊娠五箇月目にするものですが、結婚したのが十月ですから、まだ三箇月にしかなっていません。するると事実は、結婚の二三箇月前に妊娠していたことになります。恐らくそれが真相なのでしょうけれども、何も帯の祝いをしてまで、その真相を近所隣りへ吹聴《ふいちょう》するには及ぶまい、黙っていれば知れずに済むものを、おかしなことをする人たちだと、磊吉たちは不思議がりましたが、それには理由があったのでした。伊豆山から湯河原地方では「帯の祝い」と云うような古臭い習慣を今も大切に守っているのです。結婚前に妊娠していた事実が知れましても、それはそんなに問題にしません、それよりは正しい時期に「帯の祝い」をすることの方が肝要なのでした。銀の故郷の鹿児島の田舎でも同様でしたので、両方の親たちの意見が期せずして一致したのです。

ついでに申しますが、銀にはその外にもいろいろと東京人には古臭く感じられる習慣が残っていました。銀の父親は戦病死したのだそうですが、毎月父の命日には三度ともお茶漬で御飯を食べ、お数は一切取りません。そのしきたりを厳重に守っていました。それから、毎年季節の変り目に初物を食べます時、西の方を向いてわざと「アハハ」と声を立てて笑い、「これで七十五日生き延びる」と申しました。東京でも「七十五日生き延びる」と云うことは申しますが、「アハハ」と笑うことはしません。そう云えば昔の初なども、やはり初物の時に「アハハ」と笑っていましたが、鹿児島あたりでは必ずそうすべきものと決めているようです。又「荷飾り」と云うこと、これも東京あたりでは、余程豪勢な御大家の嫁入仕度ででもない限り、めったに親戚知人を招いて見せびらかすと云うことはしませんが、光雄の郷里でも、いや、大阪京都あたりでも、この習慣は一般に行われているようです。

銀は結婚の当日まで、ひょっとしたら光雄がいよいよと云う時に式場から姿を晦《くら》ますのではないか、百合のところへ逃げて行くのではないかと云う不安を、ひそかに抱いていたようです。まさかとは思いながら、そう云う懸念があったからこそ、故意に妊娠を急いだのではないかとも察せられます。

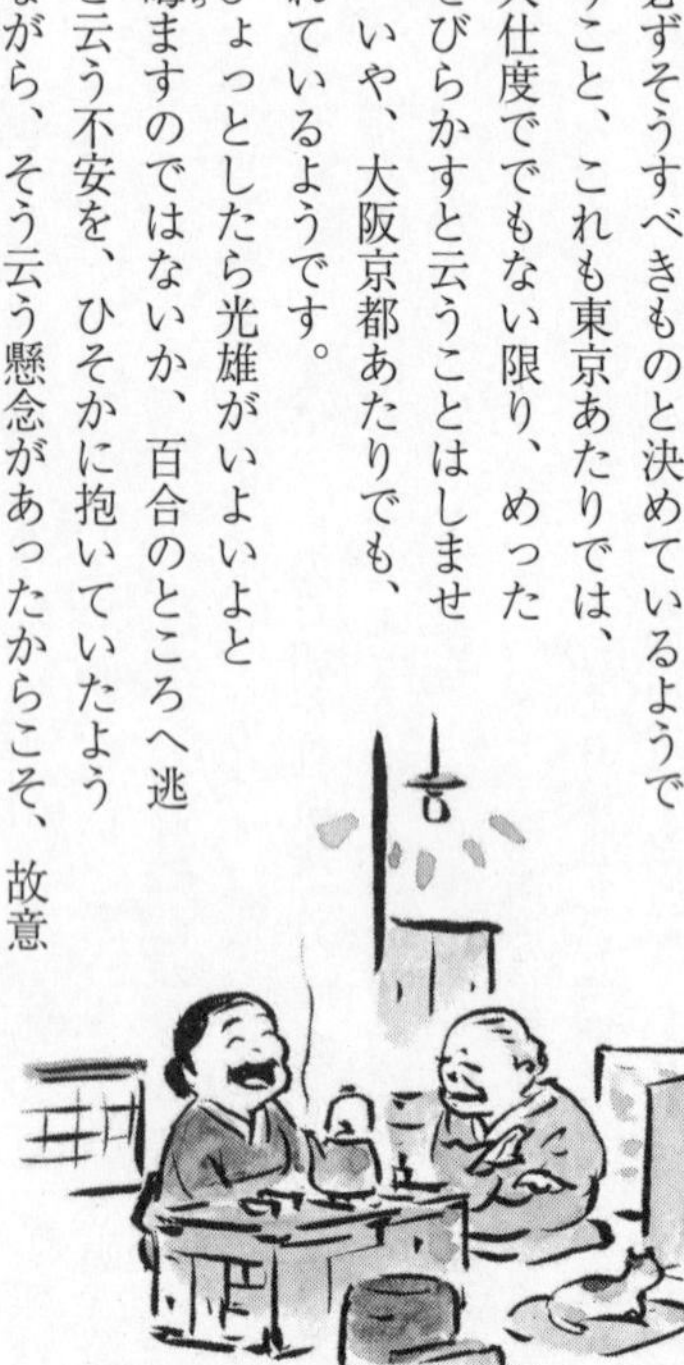

磊吉夫婦と鳰子とは、越えて翌三十四年の四月から五月にかけて、例年のように京都へ花見に出かけまして、しばらく北白川の飛鳥井家に滞在していましたが、その五月十日に、

伊豆山の銀から電話がありまして男子が出生した旨を知らせて参り、名前を考えてくれと云って来ました。磊吉は早速三つか四つ名を考えて巻紙に毛筆で記し、振仮名を附けて郵便で送りましたが、もう二つ三つ別の名を考えて欲しい、勝手ながらあれでは少し気に入らないと、銀から重ねて電話があり、結局「武《たけし》」と云う名に決りましたのは七夜が過ぎてからでした。

銀の結婚式に列席しました末の妹の万里は、祖母や母が鹿児島へ帰った後も千倉家に残りまして、銀の代りに台所で働いていました。彼女は銀より五つ年下の十八歳でしたが、銀の持っているあの素晴らしい大きな瞳、あれは親譲りだと見えまして、万里もそれを持っていました。讃子に云わせますと、「銀の眼よりも万里の眼の方が一層美しくなるかも知れない。今はまだ子供だけれども、二三年先が楽しみである。あの眼で流眄《ながしめ》に見られると、女でも悩殺されそうな気がする」と云うことでしたが、銀に行かれてしまってからの磊吉は、その淋しさをこの児のお蔭で少からず慰められたことでした。嘗て銀を伴って東京の此処彼処を歩き廻り、百貨店や映画館を案内しましたように、それからの彼は三日にあげずこの児を連れて歩きました。無邪気な万里は、この老人が何でこんなに私を可愛がるのだろう、何でこんなにまで特別扱いするのだろうと、時には迷惑に感じたこともあったでしょう。磊吉は内々、彼女の眼が姉のそれのような潤いと輝きを持ち、その肌が姉のそれのような白さと艶を帯びるようになる「二三年先」を期待していたのでしたが、生憎なことに、彼女はそう長くは千倉家に留まっていませんでした。

銀に聞きますと、銀の母は銀を遠くへ手放してしまったことを後悔している、初孫の武が生れた時に、母は武の顔が見たさに鹿児島から出ては来ましたものの、祖母は長途の旅に堪えかねて出て来なかった、母とても追い追い老年に及ぶので、孫が生れる度毎に出て来ることなど出来そうもない、それを思うと、大事な長女をあんなところへ嫁がせるのではなかった、この上はせめて万里だけでも近い所へ嫁にやりたい、又好きな人でも出来ないうちに早く手元へ呼び寄せたいと云っています、と云うのでした。そう云う事情で、万里は僅か一年ばかりで郷里へ帰って行きましたが、それにしましても、磊吉のこの児を依怙贔屓《えこひいき》する程度があんなにも過度でなかったならば、あんなに急に逃げて行きはしなかったかも知れません。

その明くる年、三十五年の四月の末に、銀の長男武の初節句を祝うために、讃子は鯉幟のセットを、磊吉は五月人形の鎧兜《よろいかぶと》を贈ってやりましたが、光雄夫婦は借家住いのことですから、それを湯河原の両親の家へ持って行って飾りました。お節句の日の二三日前に磊吉が行って見ますと、ちとせ川に沿うた家の裏側の川堰《かわせぎ》橋の袂に竹竿が立ててあり、真鯉と緋鯉と大小ふた流れの鯉が、吹き流しと共に翩翻《へんぽん》とひるがえっていました。

その同じ年の同じ月に、千倉睦子が古い能楽の家元の次男相良《さがら》道夫と結婚しまして、ホテル・ニュー・ジャパンで式を挙げ、披露の宴を張りました。睦子は既に三十二歳になっていました。兄の啓助の妻絖子が二十三歳で啓助と結婚しまして、二十四歳でみゆきを生んだのに比べますと、睦子は晩婚だった訳で、義理の姉に当る絖子より一つ年上でした。ですから睦子は絖子を「姉さん」と云わず、互に名を呼び合っていました。道夫と睦子の新郎新婦は、五月に熱海の富士屋ホテルで、特に千倉家関係の熱海在住の知人を招いてもう一度披露宴を催しました。来会者は故飛鳥井次郎の長兄である元子爵、東洋公論先代社長の未亡人、磊吉の主治医長沢博士、桃李境旅館の女将、定の媒妁人を勤めた巴屋の主人夫婦以下十数人。その末席に子供を二人連れた定、長谷川清造と琴夫婦、園田光雄と銀夫婦、それから、これは未だに相手がきまらず、千倉家の女中でいるのですけれども、最古参の故を以て駒、等々が出席しました。

鈴は銀より二年程おそく、ちょうどその時妊娠七箇月の体で、人目につくようになっていましたが、一つには足掛け七年も起居を共にした主人の「お嬢ちゃん」——そのお嬢ちゃんより

自分の方が三つも若いのに、先に結婚したのでした。――の晴れの姿を見たいのと、一つには久しく豪華な西洋料理を口にする機会がなかったので、清造を促して強いて出席したのでした。

その明くる年、三十六年の二月に、銀は第二の男子を挙げました。例に依って磊吉が名附け親を頼まれまして「満《みつる》」と命名しましたところ、これは文句なく採用してくれました。長男の武は数え年三つになっていまして、磊吉を「お爺ちゃん、お爺ちゃん」と呼んで、ほんとうの祖父のように慕ってくれましたが、この武も、次男の満も、やはり親譲りの大きな瞳を光らしていましたので、母親似であることは明かでした。

最後まで残っていました駒が好配偶を得ましたのは、同じ年の四月のことでした。初は昭和十一年から前後二十年近くも千倉家に奉公していましたけれども、戦争中とか、母の病気とか、その他さまざまの事情で郷里へ帰っていました期間が多いので、実際に千倉家にいた年月はそんなに多くはありません。その点になると駒は途中で一度も親の家へ戻ったことがなく、十三年間つづけて働いていましたので、或は駒の方が長くいたことになるかも知れません。そして心から千倉一家の幸福を願い、誠意を尽して働いてくれた点に於いても、彼女が一番であったかも知れません。殊に三十五年の十一月から十二月にかけて、磊吉が狭心症で東大病院へ入院していました五十日ばかりの間、絶えず病室に詰めきって看護に当ってくれました労苦には、磊吉夫婦も頭の下る思いをしましたが、病院の医師、看護婦たち、隣室の人々に至るまで、褒《ほ》めない者はいませんでした。

彼女は今年が三十二歳でしたから、睦子より一つ年下で、銚子と同い年でした。彼女の良人となった人は姓を樫村と云い、白糸の滝で名高い富士山麓の生れで、もとは海岸通りの昭和タクシーの運転手でしたが、風采が立派で、堂々とした貫禄があり、物を云わせますところと論理明晳で弁舌に長じていましたので、やがて衆人の推すところとなりまして、昭和タクシーの労働組合書記長となりました。そして間もなく、更に実力を認められまして、その肩書の上に全国自動車交通労働組合の静岡地方連合副執行委員長と云う長い肩書を加えるようになりました。尤も樫村は初婚ではありませんでした。一度結婚した経験はあるのですが、その人と別れて、駒を迎える気になりました。駒が頗《すこぶ》る脱線家の、奇癖に富む女であることはよく知っていたのですが、寧ろそう云う奇癖がありながら稀に見る好人物であるところに惹かれたのかも知れません。

「私でなければ駒さんを理解出来る人はいませんよ、随分変っていますからね」

と、樫村はいつも磊吉たちにそう云っていました。生憎四月の花見時で、磊吉一家は京都へ行っていましたので、式には列なりませんでしたが、三々九度の盃は桜ヶ丘の今宮神社

の神前で執り行い、披露もそこの別殿で行いました。京都から帰って来ました磊吉が、

「どうだね、どんな工合かね、その後は巧く行っているかね」

と、或る日彼女に感想を求めますと、

「結婚て、実に楽しいものでございますね、こんなに楽しいものだったら、もっと早くすればようございました」

と答えましたのが、いかにも駒らしい云い方でしたので、又大笑いになりました。

伊豆山権現の参道の叔父の家に間借りしていました銀の夫婦が、いよいよそこを引き払って湯河原の親たちの許へ帰りましたのは、三十六年の春の末でした。光雄はそれまで湘南タクシーに勤めていましたが、これを機会にかねての計画の通り運転手を止め、父を助けて湯河原の家で何か商売を始めることにしたのでした。父はそれまで大衆食堂を営んでいましたが、何分にも店が小さく、古ぼけていますので、客足も少く、儲けも薄く、あまりぱっとしませんでしたので、今度若夫婦と相談の結果、階下を全部見違えるように改築し、表側をお土産屋に、裏側をバーに作り変えました。資金は土地の古顔だけに、父が大部分を銀行から融通して来たのでした。開店は四月の二十五日で、屋号は、これも磊吉の命名で「銀」の音を取りまして「春吟堂」と名づけました。ついでに歌を考えて暖簾に染め出して欲しいと云う銀の注文で、次の一首を磊吉が詠みました。

湯が原の春吟堂に客絶えず
　さくら咲く日も紅葉匂ふ日も

すると、銀から又訂正が申込まれました。「紅葉匂ふ」と云うよりも、この辺は蜜柑の産地で、秋は蜜柑がよく売れますから、蜜柑のことを詠んで下さい、ついては「蜜柑実《みの》る日も」としてはいけないでしょうか、と云うのでした。成る程、それがよかろうと云うことになりまして、讃子が次のように筆を走らせて染物屋に渡しました。

湯が原の春吟堂に客絶えず
　さくら咲く日もみかん実る日も

## 第二十回

近頃、湯河原のお土産屋の春吟堂の店を覗いて見ますと、奥の方に二枚の色紙が額に収め

て掲げてあります。色紙の一枚は、

春吟堂女将に

とし若き妻は鹿児島そだちにて

土産もの売る湯の町ゆがはら

他の一枚は同じく「春吟堂女将に」として、

さつま潟泊《とまり》の津より嫁ぎ来て

黒髪あらふいでゆ湯が原

とあります。

これは磊吉が、春吟堂の景気がよく商売が繁昌するのを見まして喜びに堪えず、書いて贈ったものですが、今では銀がこの店の女主人なのです。光雄の両親はまだそれほどの歳ではありませんけれども、若夫婦に重な仕事を譲りまして至極のんびりと暮らしています。昔仕出屋をしていまして魚を扱い馴れている父親は、朝早く起きて家のうしろを流れているちとせ川の上流の方へ、魚を釣りに行くのを楽しみにしています。鮎《あゆ》や鱒《ます》がよく釣れますが、釣れると直ぐに生きたまま水に入れまして、光雄や銀に千倉家へ持たせて寄越します。

磊吉は鮎の雑炊《ぞうすい》が好きなのですが、それを作るには生きた鮎が必要なので、京都でも容易に手に入りません。まして伊豆山の山房などではなかなか食べられないのですが、「これから生きたのを持って行きます」と、朝食前に銀から電話がかかります。待っていますと、光雄か銀が武の手を引いたり満を背負ったりしまして、水を張った鉢に鮎を泳がせて持って来ますが、鳴沢の山の中にいてこんな贅沢が出来ますのも、この父親のお蔭なのです。鱒も磊吉の好物の一つで、新鮮な、ピチピチした大きい鱒の味は又格別です。磊吉はこの父親がちとせ川の早瀬に糸を垂れつつこんな獲物を釣り上げる光景を想像しますと、シューベルトの「鱒」の曲が自《おのずか》ら浮かんで来るのでした。

母親はゆで小豆《あずき》を煮ることが上手で、これもときどき重箱や琺瑯《ほうろう》の器《うつわ》にゆで小豆を一杯入れ、息子や嫁に持って来させます。「あんなによく出来たお母さんは少いから、ああ云う所へ嫁に来る娘は仕合せだ」と、前からそう云う評判の人でしたが、まことにその噂の通りであることを銀は知りました。母は一切店の仕事には干渉せず、すべてを銀に任せきって、自分は専ら二人の孫どもの世話にかまけています。光雄にしましても、温泉客を相手の土産物屋のことですから、男は殆ど店で働く用事がありません。客との応対から帳附けまで、万事は銀が引き受けています。そんな工合で、いつからともなく銀が一家の切盛りをするようになっています。

昨今の銀を見るにつけましても、讃子はしばしば磊吉と語り合うことがありました。家で女中をしていた時分には、あんなに手のかかる厄介な娘はなかった、光雄と相愛の仲になってからは魂が其方へ行ってしまって、台所の仕事はおっ放《ぽ》り出しで、暇を盗んでは鏡台に向ってお化粧ばかりしていた、鼻の頭に脂を浮かしていたことなんぞ一度もなかった、だからあの時分はあんなに美しかったのだが、それだけ朋輩に迷惑をかけ、憎まれたこともひと通りではない、でもそんなことに少しも構わず、傍若無人に我意を通していた、あんな我が儘な娘はなかったが、しかし最後までその我が儘を押し通し、多数の競争者に打ち勝ったのだから偉い、過去の光雄が持っていたいろいろな欠陥、――賭博、女漁り、競輪、負債の山、等々を、根気よく説きつけて、一つ一つ綺麗に清算させると云うようなことは、恐らく彼女でなかったら出来なかったであろう、光雄さんと一緒にさせてくれたらきっと光雄さんを真人間にさせて見せますと、泣いて讃子に誓った言葉を、彼女であればこそ実行することが出来たのだ、「とても銀さんでなかったら」と云った光雄の母の期待は、正《まさ》しく的中したのである、――

「やっぱり銀は鹿児島女の一徹な情熱を持ってたんですね、あらゆる困難を征服して、何もかも自分の思い通りにしてしまったんだから大したものだわ」

「今になればああ云う我が儘をされただけに、却て親身な情愛を感じるね」

磊吉の書斎にも武だけは木戸御免でした。この児は光雄や銀に連れられて来ますと、

「お爺ちゃん」

と、真っ先に磊吉の机の傍に飛んで来ます。すると磊吉は、

「来たかい、武ちゃん」

と、廊下に出て、

「おい、何かこの児にやるケーキはないか」

と、女中にケーキを持って来させ、犬に与える甘食《あまじょく》を三つ四つ摑んで裏庭の犬小屋の前に引っ張って行きます。そして親子三人を相手に犬と戯れて二三十分愉快な時を過します。

磊吉には先妻の娘が生んだ孫が三人いますけれども、娘は先妻に従って行って東京へ縁づきましたので、その孫たちにもそう頻繁に会うことはありません。讃子の前の夫の血を引いた孫が二人いますけれども、それも一人は京都、一人は東京なので、これにも始終会うと云う訳には行きません。磊吉の望みを云えば、銚子が生んだみゆきの顔を朝夕眺めて暮らしたいのですが、気候の悪い京都に居を移すことは、健康の点で気遣われます。数え年七十七歳の今日では、年に春秋の二回、十日か半月北白川に泊めて貰うだけで満足しなければなりません。もともと孫《まご》子《こ》に縁の薄い磊吉で、若い頃は子供嫌いで通っていたのでしたが、子の可愛さが少しずつ分るようになり、子をあやすことが上手になって来ましたのは、さすがに歳を取った証拠でしょうか。「お爺ちゃん」と云っていきなり書斎に闖入《ちんにゅう》して纏《まつわ》り着く武を見ますと、何だか他人の孫のように思えず、この児のためなら何でもしてやりたい気になるのでした。それは武とは限りません、弟の満も可愛いし、鈴の子の保《たもつ》も可愛いし、今年の四月に生れたばかりの、駒の子の忠《ただす》も可愛い。東京に生れながら東京に愛憎を尽かして、故郷の土になるつもりのない磊吉は、この子供たちの生長を楽しみつつ、この児の母たちを我が娘と頼んで暮らそうと、今ではそんな気になっています。けれども、鳴沢に住んでいました長谷川清造が嘯月楼を罷《や》めまして、湯河原の大崎ホテルに行きましてからは、銀の家が一番近くなりましたので、やはり銀の親子たちが誰よりもしげしげ訪ねて来、相変らず鮎や、鱒や、ゆで小豆を運んで来てくれるのでした。恐らく磊吉の晩年は、もうこれ以上著《いちじる》しい変遷を遂げることなく、こう云う風にして生涯を終えるのでしょう。今まで千倉一家が世話をしたりされたりしました女中たちのうち、結婚をして世帯を持った後までも湘南沿線の地を離れず、磊吉の家に出入りしてくれますのは、銀と、鈴と、駒と、結局のところこの三人になってしまいました。尤もこの人々も皆若いのですから、この先どう云う風に変るか分りませんけれども、親の代からこの土地に居着いて商売をしている銀の一家だけは、多分めったに動くことはないでしょうし、又そうであることを磊吉は望んでいます。千倉夫婦が最初に阪神間に家を持ちまして、たまたま雇い入れました女中が鹿児島生れの初であり、引きつづいて、えつ、梅、節、銀、万里と、ずるずると何人も泊から来てくれ

まして、それぞれに忘れられない印象を残して行きましたので、磊吉はまだ行ったこともない鹿児島の土地に特別の愛着を抱くようになりました。「先生たちがいらっしゃればきっと大歓迎を受けますよ」と、よくこの人々に云われるのですが、いつかそう云う折もあればと思いながら、うかうかと老境に這入ってしまいました。今では時勢も変り果てました。初や梅の昔を忘れかねて近頃でもときどき鹿児島へ手紙を出して、「お手伝いさん」の斡旋を依頼することがありますけれども、昨今の娘さんたちは皆会社の事務所や工場へ好条件で招かれて行きますので、女中奉公などをしようと云う者はいなくなりました。たまにいましても、長くは臀が落ち着かず、一年もすれば帰

ってしまいます。初は二十年、京都生れの駒は十三年、銀にしましても四五年はいましたけれども、もうそんなことは昔の夢です。近頃のお手伝いさんは、嫁入修業に半年か一年いたと思うと、すぐに国元から「見合い」の話がありまして帰って行ってしまうのです。

そう云えば、つい折がなくて書き漏らしましたが、この際ここに記しておきたいことがあります。それは外でもありませんが、磊吉は按摩《あんま》が好きで、少し仕事に凝ったあとは、必ず午睡の時などに足腰を揉んで貰いました。灸《きゅう》は嫌いで、鍼《はり》か按摩に限るのですが、鍼師は余程の名人でなければ、めったに呼びませんでした。按摩も、本職の治療師だと、ややもすれば長時間になり過ぎて揉み起すことがありますので、固くなった節々《ふしぶし》を程よく解きほごして貰うには、家の女中に触って貰うのが一番です。但しそれには条件がありまして、勘所《かんどころ》をよく心得た人であること、それが第一ですが、次には指先の肉がふっくらし

ていて、分厚く柔かであること、――これが案外大切なのです。上手と云われる本職の按摩でも、指の先が硬くて痛い人がありますが、そんなのは御免です。それから、磊吉は俯向きに臥て腹這いになり、胃の後側から腰の関節へかけてギュウッと圧して貰うのが好きです。時には腰の上に乗ってどっしりと畏《かしこま》って坐って貰うこともあります。それが済みますと、今度は足の裏へペッタリと足の裏を着けて立って貰います。これをして貰わないことには、どうにも物足りないのです。

これが一番上手なのは初でした。初のたっぷりした大足の、而《しか》も真っ白で綺麗な足の裏が一杯に乗っかって、あの大女の重石《おもし》で踏まれると、実にいい気持でした。初の次に手足の柔軟だったのは百合でした。しかし彼女は、肉体的条件は申分なかったのですが、いかにも邪魔臭そうにいやいやながら勤めますので、して貰う方も気乗りがしないで止めてしまいます。鈴と駒とは、頼めばしてくれますけれども、指先が細く

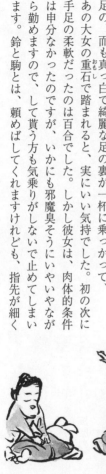

て硬いのが欠点でした。銀はと云いますと、手足の柔かさは理想的でしたが、美人だと思うせいか、磊吉の方に妙な遠慮がありました。

この外に、最近茨城県生れの「三重さん」(もうこの時代にはさんづけにしていました)と云う女中さんが、一時来ていたことがあります。この娘さんは手も足も大変柔かで色白でしたが、惜しいことにこれも去年の秋国へ帰ってしまいましたので、もはや按摩の巧い人は一人もいなくなりました。


さて、長々つづきました太平記の物語も、この辺で終りを告げることになります。但し千倉家の台所の用事をしてくれます娘さんたちは、その後も入れ代り立ち代り、週刊新潮の「掲示板」などのお蔭で、喜んで来てくれますので、磊吉たちは幸いに不自由することがありません。のみならず、希望者の中には相当な家庭の、優秀なお嬢さん方が多いのです。けれども、この人たちは所謂「お手伝いさん」と呼ばれるもので、昔のような「女中」や「女中さん」ではありませんから、太平記の中に加える訳には行きません。

磊吉は今年(昭和三十七年)七月二十四日を以て数え年七十七歳に達しました。それで、同月二十八日の土曜日午後五時から、市内富士屋ホテルに於いて、目立たないように至極内輪の人々だけの、ささやかな喜寿の賀宴を催しました。集ったのは親戚友人の中のほんの少数の人々ばかり。余興には富士清琴夫妻の「都わすれの歌」と「茶音頭」、睦子の夫相良道夫の仕舞「景清」、飛鳥井みゆきの井上流の京舞「松づくし」、等がありました。越えて八月の七日には、特に昭和十年以来の因縁の深い昔の女中さんたちに招待状を発しまして、はるばる熱海まで来て貰い、同日午後六時から市内仲田の中華料理店北京飯店の階上日本座敷で第二の賀会を開きました。来会者の筆頭は、京都の吉田牛宮町の東一条停留所前で間口の広い書店を構えています中延夫婦。次は和歌山市外の農家に嫁ぎました初。これは子供を二人連れまして姉が附き添い、途中神戸在住の弟の安吉方に立ち寄りまして、梅を誘って前日の六日の午後に出て来ました。梅も子供を二人連れて来ましたので、総勢七人の賑かさでした。

磊吉夫婦は十何年振りかで会う梅が、案外昔と変っていず、あのハキハキした言葉遣いでものを云う様子に驚きました。云うまでもなく、嘗ての彼女の気の毒な病気は悉く快癒しまして、何の痕跡も残っていませんでした。磊吉たちは予めこの七人の宿舎のことを考慮しまして、湯河原の春吟堂の近くの旅館を用意しておきましたが、泊育ちの連中が図《はか》らずも一堂に会しましたので、その夜は定めし往年の県人会の気分に浸ったことでしょう。次は逗子の鮨屋のおかみさんの定とその子供二人。次は長谷川清造夫婦と長男保。次は園田光雄夫婦と長男武次男満。次は樫村常雄夫婦と長男忠。ほかに女中時代にこの奥さんたちと馴染のあった京都の呉服屋の加藤、熱海海岸の料理屋和可奈の主人等々が馳せ参じました。主人側は磊吉夫婦、飛鳥井鴇子、相良睦子と長男力《つとむ》の五人。余興には美音で謡曲のたしなみのある中延が高砂のひとふしを謡い、加藤が仕方話で「西瓜泥坊」を演じ、光雄が「可愛いベビー」を皆と一緒に合唱し、最後に当日の呼び物である和可奈の主人の「酋長の娘」の踊りがありまして大喝采を博しました。

「ところで皆さん、お手を拝借」

と、和可奈の主人は立ち上って音頭を取り、

「謹んで先生の健康を祝します、万歳」

シャン、シャン、シャン、と手を打ちましてめでたくお開きになりました。

# 解説　「半人前」の彼女たちの時代

松田青子

谷崎の『細雪《ささめゆき》』で、三女雪子《ゆきこ》の顔に何度も現れるシミについて、医者が「早く結婚させて上げるんですな、それが一番あれを直す良い方法ですよ」と診断する場面を読み返すたびに、これはすごい時代だなと純粋に感嘆してしまう。

顔のシミが結婚すれば直るなんて、現代からすると非科学的でしかないし、それでシミが消えるのなら誰も苦労しないだろう。本当にそれで直っていたのならすごいことだが、だったらなぜ現代では直らなくなったのだろう。不思議である。

雪子の顔のシミが結婚への障壁《しょうへき》になると考えた大人たちが、何ページにもわたって彼女の顔のシミについて話し合う場面など、なんなんだこれは、とやはり驚いてしまう。とはいえ、現代の日本女性がシミから自由になれたかといえば、そんなことはなく、むしろ女性たちのシミへの恐怖は相当なものがある。女性にシミがあってはならない、〝色白〟じゃなくてはならない、というあらゆる〝脅《おど》し〟で、成り立っているビジネスや社会構造が健在だからである。

本書『台所太平記』にも、頻繁《ひんぱん》に癲癇《てんかん》を起こすようになった梅《うめ》を診察した医者が、「毎日アレビアチンと云う錠剤の鎮痙剤を持続して服用すれば、次第に発作も軽くなって遂には起らないようになる。しかし最も完全な治療法は、早く結婚することである。結婚さえすれば必ず治癒することは請け合いである」と告げる場面があり、でた！ とのけぞってしまう。

しかも「最も完全な治療法」だなんて、どれだけ結婚は万能なのだ。

実際、この作品の中では、梅は結婚したら癲癇が直る。物語の終盤、久方ぶりに磊吉《らいきち》夫婦と再会した梅については、「云うまでもなく、嘗《かつ》ての彼女の気の毒な病気は悉《ことごと》く快癒しまして、何の痕跡も残っていませんでした」と語られるのだ。結婚したら病気が完治することは、「云うまでも」ないことだったらしい。

この時代、まるで結婚は、女性のすべての問題を帳消しにしてくれる魔法みたいだ。いくらなんでもそんなわけはなかったはずだと思うのだが、とにかく前提として女性たちは〝縁づく〟までは、〝身を固める〟までは、〝半人前〟であり、（現代だってそういう社会通念はまだ根強く残っている）、だからこそ磊吉夫婦は、生活をともにしてきた女中たちが〝縁づく〟まで責任を持って世話をしてやるのが自分たちの使命だと感じているわけである。

今読むと、前述の「癲癇」にまつわる描写のほか、障害者差別や同性愛差別、動物虐待など、受け入れられない部分も多々あるが、私が『台所太平記』で好きなのは、彼女たちのその〝半人前〟の時代が、それがどうしたというばかりに、馬鹿馬鹿しいほど威勢《いせい》が良くて、面白いからだ。

まず、千倉家と長い付き合いとなった最初の女中である初《はつ》が料理をする場面がいい。彼女は火事かと勘違いされるほど油を注ぎたし、涼しい顔をして豪快に天ぷらを揚げる。

戦時中、熱海で過ごす磊吉に同行した初がつくる料理の数々は、描写になにか生命力のようなものが宿っていて、磊吉がその時どれだけ彼女の料理と存在に救われたかが伝わってくる。しかし、磊吉と妻の讃子《さんこ》が喧嘩するのを目の当たりにした際、彼女は妻側につき、一家の主に向かって「いっけつんもなかじじっこ（いけすかない爺さん）」と、磊吉が鹿児島弁をわからないのをいいことに、言う。面倒見のいい初は次々と行き場のない女の子たちを家に呼び寄せ、客用の布団を引っ張り出して使ってしまう。

ほかの女中たちも曲者揃《くせものぞろ》いであり、次から次へと強烈なキャラクターが登場する。駒《こま》は、自分が苦手なものを目にすると「ゲーッ」「ゲーッ」と盛大に吐き気を催《もよお》し、大騒ぎする。ゴリラの真似が大得意。性の知識がなく、「男性の精液は何処の薬局へ行ったら売っているんでしょう」と真顔で質問。三十二歳で彼女が嫁ぐ時、心配になった讃子に春画を見せられショックを受けるも、「でも私、こんなのを見るのは好きでございますわ」と熱心に凝視。

執拗《しつよう》に女中たちの外見を描写するのは、今の感覚だと落ち着かない気持ちにさせられてしまうところもあるが、夫婦に外見を絶賛されていた銀《ぎん》は、小川にかかった小さな橋を「若さに任せて」自転車から降りずにそのまま突っ切ろうとして、自転車ごと川に転落し、眉間《みけん》に消えない疵《きず》をこさえる。

後半、銀は大恋愛に猪突猛進《ちょとつもうしん》する。傍若無人《ぼうじゃくぶじん》ぶりに周囲を閉口させながらも、恋愛を根性で成就させ、あれは彼女にしかできないことだったと、夫婦を感心させる。結婚後、子どもの名前を考えてほしいと磊吉に依頼するも、大作家である磊吉の考えた名前を気に入らず、「勝手ながらあれでは少し気に入らない」とボツにし、再考を要求。銀が店をはじめた際も、暖簾《のれん》に染め出す句を磊吉に注文するが、こちらもやはり銀の訂正が入る。鈴《すず》は味覚が発達していて、おいしい物を食べるのが大好き。外食に連れていき甲斐《がい》があると、磊吉は喜ぶ。

とことん我が強く、その我の強さが、洗練されるごとにどんどんパワーアップしていく百合《ゆり》は、パニック映画のモンスターのようでおかしみもあるが、仔犬の描写がしんどい。偏食な彼女について語られる際の、女中たちのディテールに富んだ食生活の描写が好きだ。

誰も雇い主であるはずの磊吉夫婦に負けていないというか、負けない者たちこそ、夫婦に強い印象を残し、語られ続ける。

彼女たちははっきりした性格で、夫婦は女中たちに翻弄《ほんろう》されることも多いのだが、むしろ翻弄されることを喜んでいたふしがある。枠に収まり切らない彼女たちの性格の強さを、生の迫力を目の当たりにする瞬間を、作家は楽しみにしていたのかもしれない。一人一人の個性を楽しんでいたのだ。物語の後半は、彼女たちが〝嫁ぐ〟エピソードで占められ、古株だった駒が〝片付く〟ことで、大団円を迎える。

「同性愛」に耽《ふけ》ったとして、この物語から早々に消されてしまう小夜《さよ》と節《せつ》に対する描写と展開、小夜の性格造形には心が冷えてしまうし、現実で彼女たちの居場所が不当にもなかったことが、物語の中でそのまま反映されてしまったことを悲しく思う。しかし、二人の関係が明るみになり屋敷から追い出される際、表門から堂々と出ていこうとした小夜の姿に幾ばくかは慰められる。

〝半人前〟でいられる限られた時間を、よく働き、よく食べ、よくしゃべり、わいわい過ごしていた彼女たちの一部始終は、物語を超えて、こちらに迫ってくる。この本のページを開くことは、彼女たちに圧倒されにいく、ということなのだ。

（まつだ・あおこ　作家）

本書は中公文庫『台所太平記』（一七刷 二〇一七年）を底本とし、新たに挿絵と解説を収録したものです。

底本の明らかな誤りは訂正し、読みにくいと思われる箇所にはルビをふりました。本作品の本文には、人権擁護、動物愛護の観点から差別的かつ不適切と思われる表現や語句が多く見受けられます。ただし著者・谷崎潤一郎が故人であること、作品が書かれた時代背景や文化的価値に鑑み、原文のままといたしました。

読者の皆さまには当時の社会における人権意識、世相などをご理解いただいたうえでお読みくださいますようお願い申し上げます。

（編集部）

『台所太平記』
単行本　一九六三年　中央公論社刊
文　庫　一九七四年　中央公論社刊

中公文庫

# 台所太平記《だいどころたいへいき》


1974年4月10日　初版発行
2021年9月25日　改版発行
2024年6月15日　改版3刷発行

著　者　谷崎潤一郎《たにざきじゅんいちろう》

発行者　安部 順一

発行所　中央公論新社
〒100-8152　東京都千代田区大手町1-7-1
電話　販売 03-5299-1730　編集 03-5299-1890
URL https://www.chuko.co.jp/

DTP　平面惑星
印　刷　三晃印刷
製　本　小泉製本

Published by CHUOKORON-SHINSHA, INC.
Printed in Japan　ISBN978-4-12-207111-7 C1193

各書目の下段の数字はISBNコードです。978－4－12が省略してあります。

# 中公文庫既刊より

た-30-57
## 谷崎マンガ 変態アンソロジー
谷崎潤一郎 原作
文豪にして、大変態？ 美と性を究めた谷崎潤一郎の文学を、十一人の天才が豪華にマンガ化。『痴人の愛』から『陰翳礼讃』まで味わえる、刺激的な入門篇。
207097-4

た-30-25
## お艶殺し
谷崎潤一郎
駿河屋の一人娘お艶と奉公人新助は雪の夜駈落ちした。幸せを求めた道行きだった筈が……。芸術とは何かを探求した「金色の死」併載。〈解説〉佐伯彰一
202006-1

た-30-52
## 痴人の愛
谷崎潤一郎
美少女ナオミの若々しい肢体にひかれ、やがて成熟したその奔放な魅力のとりことなった譲治。女の魔性に跪く男の惑乱と陶酔を描く。〈解説〉河野多恵子
204767-9

た-30-18
## 春琴抄・吉野葛
谷崎潤一郎
美貌と才気に恵まれた盲目の地唄の師匠春琴。その弟子佐助は献身と愛ゆえに自らも盲目となる――代表作『春琴抄』と『吉野葛』を収録。〈解説〉河野多恵子
201290-5

た-30-46
## 武州公秘話
谷崎潤一郎
敵の首級を洗い清める美女の様子にみせられた少年――戦国時代に題材をとり、奔放な着想をもりこんで描かれた伝奇ロマン。木村荘八挿画収載。〈解説〉佐伯彰一
204518-7

た-30-55
## 猫と庄造と二人のをんな
谷崎潤一郎
猫に嫉妬する妻と元妻、そして女より猫がかわいくてたまらない男が繰り広げる軽妙な心理コメディの傑作。安井曾太郎の挿画収載。〈解説〉千葉俊二
205815-6

た-30-13
## 細雪（全）
谷崎潤一郎
大阪船場の旧家蒔岡家の美しい四姉妹を優雅な風俗・行事とともに描く。女性への永遠の願いを〝雪子〟に託す谷崎文学の代表作。〈解説〉田辺聖子
200991-2

た-30-56
## 少将滋幹《しげもと》の母 他三篇
谷崎潤一郎

平安文学に材を取った、母恋ものの代表作。小倉遊亀による挿画を完全収載。ほかに短篇三作、正宗白鳥らによる時評を付す。〈註解〉明里千章〈解説〉千葉俊二

207088-2

た-30-6
## 鍵 棟方志功全板画収載
谷崎潤一郎

妻の肉体に死をすら打ち込む男と、死に至るまで誘惑することを貞節と考える妻。性の悦楽と恐怖を限界点まで追求した問題の長篇。〈解説〉綱淵謙錠

200053-7

た-30-54
## 夢の浮橋
谷崎潤一郎

夭折した母によく似た継母。主人公は継母への憧れと生母への思慕から二人を意識の中で混同させてゆく。谷崎文学における母恋物語の白眉。〈解説〉千葉俊二

204913-0

た-30-59
## 盲目物語 他三篇
谷崎潤一郎

お市の方への思慕を盲目の法師に語らせた表題作。北野恒富の口絵、菅楯彦の挿画（「聞書抄」）、正宗白鳥による時評などを付す。〈註解〉明里千章〈解説〉千葉俊二

207156-8

た-30-61
## 人魚の嘆き・魔術師
谷崎潤一郎

人魚に恋をする貴公子、魔術師に魅せられ半羊神と化す幻想世界に遊ぶ名作。水島爾保布の挿画を口絵まで完全収載。〈註解〉明里千章〈解説〉中井英夫／前田恭二

207259-6

た-30-62
## 瘋癲《ふうてん》老人日記
谷崎潤一郎

性に執着する老人を戯画的に描き出した晩年の傑作長篇。絶筆随筆「七十九歳の春」他、棟方志功による美麗な板画を収載。〈解説〉吉行淳之介／千葉俊二〈註解〉細川光洋

207298-5

た-30-63
## 卍（まんじ）他二篇
谷崎潤一郎

光子という美の奴隷となり、まんじ巴のように絡みあい破滅に向かう心理を描いたマゾヒズム小説の傑作。〈挿画〉中村明日美子〈解説〉千葉俊二〈註解〉明里千章

207431-6

た-30-64
## しりあがり寿版 瘋癲《ふうてん》老人日記
谷崎潤一郎

77歳、不能老人のドM生活！ 今日ハオ爺チャン、ネッキングサセタゲマショウカ——文豪・谷崎が老年の性を追究した晩年の最高傑作。〈挿絵〉しりあがり寿

207441-6

各書目の下段の数字はISBNコードです。978－4－12が省略してあります。

た-30-65
**蓼喰ふ虫** 谷崎潤一郎
離婚にふみきれない中年夫婦の、一見おだやかな日常を古典への愛をとりまぜて描いた傑作。小出楢重の挿画八十余点収載。〈解説〉千葉俊二〈註解〉明里千章
207520-7

た-30-27
**陰翳礼讃** 谷崎潤一郎
日本の伝統美の本質を、かげや隈の内に見出す「陰翳礼讃」「厠のいろいろ」を始め、「恋愛及び色情」「客ぎらい」など随想六篇を収む。〈解説〉吉行淳之介
202413-7

た-30-28
**文章読本** 谷崎潤一郎
正しく文学作品を鑑賞し、美しい文章を書こうと願うすべての人の必読書。文章入門としてだけでなく文豪の豊かな経験談でもある。〈解説〉吉行淳之介
202535-6

た-30-60
**疎開日記 谷崎潤一郎終戦日記** 谷崎潤一郎
激しい空爆をさけ疎開した文豪が思い出す平和な日の記憶。随筆集『月と狂言師』に永井荷風・吉井勇との往復書簡などを増補。〈註解〉細川光洋〈解説〉千葉俊二
207232-9

た-30-45
**歌《うた》々《うた》板《はん》画《が》巻《かん》** 谷崎潤一郎 歌 棟方志功 板
文豪谷崎の和歌に棟方志功が「板画」を彫った二十四点に、挿画をめぐる二人の愉快な対談をそえておくる。芸術家ふたりが互角にとりくんだ愉しい一冊である。
204383-1

た-30-19
**潤一郎訳 源氏物語 巻一** 谷崎潤一郎
文豪谷崎の流麗完璧な現代語訳による日本の誇る古典。日本画壇の巨匠14人による挿画入り絵巻。本巻は「桐壺」より「花散里」までを収録。〈解説〉池田彌三郎
201825-9

た-30-20
**潤一郎訳 源氏物語 巻二** 谷崎潤一郎
文豪谷崎の流麗完璧な現代語訳による日本の誇る古典。日本画壇の巨匠14人による挿画入り。本巻は「須磨」より「胡蝶」までを収録。〈解説〉池田彌三郎
201826-6

た-30-21
**潤一郎訳 源氏物語 巻三** 谷崎潤一郎
文豪谷崎の流麗完璧な現代語訳による日本の誇る古典。日本画壇の巨匠14人による挿画入り絵巻。本巻は「螢」より「若菜」までを収録。〈解説〉池田彌三郎
201834-1

た-30-22
潤一郎訳 源氏物語 巻四
谷崎潤一郎
文豪谷崎の流麗完璧な現代語訳による日本の誇る古典。日本画壇の巨匠14人による挿画入り絵巻。本巻は「柏木」より「総角」までを収録。〈解説〉池田彌三郎
201841-9

た-30-23
潤一郎訳 源氏物語 巻五
谷崎潤一郎
文豪谷崎の流麗完璧な現代語訳による日本の誇る古典。日本画壇の巨匠14人による挿画入り絵巻。本巻は「早蕨」から「夢浮橋」までを収録。〈解説〉池田彌三郎
201848-8

た-30-49
谷崎潤一郎＝渡辺千萬子 往復書簡
谷崎潤一郎
渡辺千萬子
複雑な谷崎家の人間関係の中にあって、作家晩年の私生活と文学に最も影響を及ぼした女性との往復書簡。「文庫版のためのあとがき」を付す。〈解説〉千葉俊二
204634-4

こ-43-3
谷崎潤一郎伝 堂々たる人生
小谷野敦
数々の傑作を書き続けた文豪の生涯は、スキャンダルと逸話にみちた生涯でもあった。本書は伝説や通説に惑わされることなく実像に肉迫する本格的評伝である。
207095-0

み-9-16
谷崎潤一郎・川端康成
三島由紀夫
世界的な二大文豪を三島由紀夫はどう読んだのか。両者をめぐる批評・随筆を初集成した谷崎・川端文学への最良の入門書。文庫オリジナル。〈解説〉梶尾文武
206885-8

き-41-2
デンジャラス
桐野夏生
一人の男をとりまく魅惑的な三人の女。嫉妬と葛藤が渦巻くなか、文豪の目に映るものは。「谷崎潤一郎」に挑んだスキャンダラスな問題作。〈解説〉千葉俊二
206896-4

あ-84-1
女体についての八篇 晩菊
安野モヨコ選・画
太宰治／岡本かの子／森茉莉他
はたかれる頰、蚤が戯れる乳房、老人を踏む足、不老の童女……文豪たちが「女体」を讃える珠玉の短篇に、安野モヨコが挿画で命を吹きこんだ贅沢な一冊。
206243-6

あ-84-2
女心についての十篇 耳《みみ》瓔《よう》珞《らく》
安野モヨコ選・画
芥川龍之介／有吉佐和子／円地文子他
わからないなら、触れてみる？ 女の胸をかき乱す、淋しさ、愛欲、諦め、悦び——。安野モヨコが愛した、女心のひだを味わう短篇集シリーズ第二弾。
206308-2

各書目の下段の数字はISBNコードです。978－4－12が省略してあります。

あ-84-3
背徳について　黒い炎 の七篇
安野モヨコ選・画　幸田文／久生十蘭／永井荷風他
全員淫らで、人でなし。不倫、乱倫、子殺し……濃密に咲き乱れる、人間たちの〝裏の顔〟。安野モヨコの挿絵とともに、永井荷風や幸田文たちの名短篇が蘇る。
206534-5

く-20-1
猫
クラフト・エヴィング商會　井伏鱒二／谷崎潤一郎他
猫と暮らし、猫を愛した作家たちが思い思いに綴った珠玉の短篇集が、半世紀ぶりに生まれかわる。ゆったり流れる時間のなかで、人と動物のふれあいが浮かび上がる、贅沢な一冊。
205228-4

く-20-2
犬
クラフト・エヴィング商會　川端康成／幸田文他
ときに人に寄り添い、あるときは深い印象を残して通り過ぎていった名犬、番犬、野良犬たち。彼らと出会い、心動かされた作家たちの幻の随筆集。
205244-4

た-46-9
いいもの見つけた
高峰秀子
歯ブラシ、鼻毛切りから骨壺まで。高峰秀子が選び抜いた身近な逸品。徹底した美意識と生活の知恵が生きた、豊かな暮らしをエンジョイするための本。カラー版。
206181-1

さ-80-1
佐藤春夫台湾小説集　女誡扇綺譚
佐藤春夫
廃墟に響く幽霊の声「なぜもっと早くいらっしゃらない？」。台湾でブームを呼ぶ表題作等百年前の台湾旅行に想を得た今こそ新しい九篇。文庫オリジナル。
206917-6

さ-80-2
佐藤春夫中国見聞録　星／南方紀行
佐藤春夫
「日本語で話をしない方がいい。皆、日本人を嫌っているから」――中華民国初期の内戦最前線を行く「南方紀行」、名作「星」など運命のすれ違いを描く九篇。
207078-3

て-8-1
地震雑感／津浪と人間　寺田寅彦随筆選集
寺田寅彦　千葉俊二　細川光洋編
寺田寅彦の地震と津浪に関連する文章を集めた。地震国難の地にあって真の国防を訴える警告の書。小宮豊隆宛震災絵はがき十葉の図版入。〈解説・註解〉千葉俊二・細川光洋
205511-7

や-65-1
賢者の愛
山田詠美
想い人の諒一を奪った百合。復讐に燃える真由子は、二人の息子・直巳を手に入れると決意する――。『痴人の愛』に真っ向から挑む恋愛長篇。〈解説〉柚木麻子
206507-9

つ-24-2
**卍どもえ**
辻原 登
社会的に成功した夫を持つ、ちづると毬子。ネイリストの可奈子は二人を女同士の性愛に誘い……。絢爛の平成をスリリングに描く傑作長篇。〈解説〉阿部公彦
207325-8

お-64-2
**雪の階《きざはし》(上)**
奥泉 光
昭和十年。華族の娘、笹宮惟佐子は、富士の樹海で陸軍士官と共に遺体で発見された親友の心中事件に疑問を抱く。二人の足どりを追う惟佐子の前に新たな死が。
206999-2

お-64-3
**雪の階(下)**
奥泉 光
親友の死は本当に心中だったのか。謎と疑惑と陰謀が、陸軍士官らの叛乱事件と絡み合い、スリリングに幻惑的に展開するミステリー。〈解説〉加藤陽子
207000-4

か-15-4
**迷い猫あずかってます**
金井美恵子
ある日、作家の自宅に迷い込んできたオスのトラ猫。トラーと名づけられた猫の自由かつ奔放な振る舞いと、振り回される姉妹の日々を綴る。〈解説〉桜井美穂子
207338-8

か-15-5
**カストロの尻**
金井美恵子
様々な記憶の断片が、岡上淑子のコラージュと響き合い織りなされた短篇と批評。関連エッセイを新たに収録。芸術選奨文部科学大臣賞受賞作。〈解説〉堀 千晶
207481-1

か-15-6
**ピース・オブ・ケーキとトゥワイス・トールド・テールズ**
金井美恵子
幼年時代の思い出に、母や伯母たちの記憶が重なり織りなされる繊細で甘美な物語。作品に関連するロングインタビュー、金井久美子のエッセイを増補する。
207492-7

よ-17-11
**好色一代男**
吉行淳之介 訳
生涯にたわむれし女三千七百四十二人、終には女護の島へと船出し行方知れずとなる稀代の遊蕩児世之介の物語が、最高の訳者を得て甦る。〈解説〉林 望
204976-5

よ-17-12
**贋食物誌《にせしょくもつし》**
吉行淳之介
たべものを話の枕にして、豊富な人生経験を自在に語る、洒脱なエッセイ集。本文と絶妙なコントラストを描く山藤章二のイラスト一〇一点を併録する。
205405-9